注音释义　名师点拨　精批详注

简·爱

〔英〕**夏洛蒂·勃朗特**　著

陕西师范大学出版总社

图书代号：WX16N1582

图书在版编目（CIP）数据

简·爱 / (英) 夏洛蒂·勃朗特著 ；“新课标·全悦读”丛书编委会编. — 西安 ：陕西师范大学出版总社有限公司，2017. 1（2020. 9 重印）

（“新课标·全悦读”丛书 / 林毓文主编）

ISBN 978-7-5613-8834-1

Ⅰ. ①简… Ⅱ. ①夏… ②新… Ⅲ. ①长篇小说—英国—近代 Ⅳ. ① I561.44

中国版本图书馆 CIP 数据核字 (2016) 第 304631 号

简·爱

JIAN AI

〔英〕夏洛蒂·勃朗特 著　“新课标·全悦读”丛书编委会 编

责任编辑 刘立红 姜鲁艳
责任校对 段云娜
排版制作 北京文贤阁图书有限公司
出版发行 陕西师范大学出版总社
（西安市长安南路 199 号 邮编 710062）
网　　址 http：//www. snupg. com
印　　刷 三河市燕春印务有限公司
开　　本 710mm × 1000mm 1/16
印　　张 11
字　　数 140 千
版　　次 2017 年 1 月第 1 版
印　　次 2020 年 9 月第 3 次印刷
书　　号 ISBN 978-7-5613-8834-1
定　　价 32.00 元

名人推荐

林 非

林非，著名学者、散文家，中国社会科学院研究生院教授、博士、研究生导师，历任中国散文学会会长、中国鲁迅研究会会长。

著有《鲁迅前期思想发展史略》《现代六十九家散文札记》《中国现代散文史稿》《文学研究入门》《鲁迅和中国文化》《离别》等；迄今共出版30余部著作；主编《中国散文大词典》《中国当代散文大系》等。

肖仲新	原北京师范大学分校副校长
施　晗	80 后代表作家，文贤阁总编
尉克冰	著名作家，冰心文学奖获得者
肖　飞	著名作家，中国作家协会会员
宋永健	首都师范大学第二附属中学教师
刘解军	高级教师，北京市杨镇一中教师
贾红亚	国家级优秀辅导教师，河南省濮阳市骨干教师
薛暮冬	安徽省语文学科带头人，安徽省滁州市实验中学语文教研组长
胡西奎	安徽省淮南市第一中学语文教师
魏佑湖	中国作家交流协会会员，山东省莱城中学一级教师
王　霞	江苏省南京市栖霞区实验小学教师

读到生命的最后一天

天下的书籍确实是谁也无法读完的，我准备充分利用自己的余生，再读一些能够启迪思想和陶冶情操的书。

这几年出版的书实在太多了，用迅速浏览的速度都看不过来，某些书籍得到了人们的冷落，某些书籍得到了人们的喝彩，似乎都显得有些偶然。不过在这种偶然性的背后，最终都表现出了时代思潮的复杂趋向，而并不完全由这些书籍本身的质量和写作技巧所决定。

近几年来，我围绕启蒙主义和现代观念的问题写了一些论文，目的是想引起共鸣或争论，以后还愿意在思想和文化这方面继续做些研究，因此想围绕这样的研究和写作任务，读一些过去没有很好注意的书，以便增加新的知识，更好地开阔视野，从纵横这两个方面，认认真真地去思考一些问题。譬如像黄宗羲的《明夷待访录》，我曾读过多遍，向来都是惊讶和叹服于他的平等观念与民主思想。为什么 300 多年前的明清之际，在古老的专制王朝统冶的躯壳中间，会萌生出如此符合于现代生活秩序的思想见解来呢？这是一个孤立和偶然的思想高峰，还是从当时资本主义萌芽和不断滋长的土壤中间，必然会产生出来的呢？

如果想一想徐渭、李贽、袁宏道、汤显祖和徐光启这些杰出的名字，又应该得到什么样的结论呢？而他们与莎士比亚、塞万提斯和伽利略，又几乎是在同一个时代出现的，这里究竟有多少属于历史与未来的必然性呢？我想再好好地研究一番，力图做出比较满意的回答来。

如果生活在今天的人们，都能够达到 300 多年前黄宗羲那样伟大思想家的境界，中国这一片辽阔的土地上。将会出现多少光辉灿烂的奇迹啊！可是为什么经过了300多年的漫长岁月，在今天生活里的绝大多数人们，还远远没有达到他那样的思想境界呢？这难道不让人感到十分地丧气吗？

郁达夫说过："没有伟大的人物出现的民族，是世界上最可怜的生物之群；有了伟大的人物，而不知拥护、爱戴、崇仰的国家，是没有希望的奴隶之邦。"（《怀鲁迅》）这是说得很沉痛和感人的。

思考民族的前程、人类的未来，这很像听贝多芬的《第九交响乐》那样，常常会使自己激动不已，然而这就得广泛和深入地读书，否则是无法使自己的思考向前迈步，变得十分丰满和明朗起来的。我读了邱吉尔、戴高乐、阿登纳和赫鲁晓夫这些外国政治家写的回忆录，读了德热拉斯的《与斯大林的谈话》和《新阶级》，对于自己认识整个的当今世界，是起了很大作用的，我还想继续读一些这方面的书籍。

陶冶情操的音乐和美术论著，我已经读了不少，自然也得继续看下去。

我想读的书是无穷无尽的，只要还活着，我就会高高兴兴地读下去，自然在翻阅有些悲悼人类不幸命运的著作时，也会变得异常地忧伤和痛苦，不过这是毫不可怕的，克服忧伤和痛苦的过程，不就是人生最大的欢乐吗？要想在社会中间坚强地奋斗下去，就应该有这种心理上的充分准备。我会这样读下去的，读到生命的最后一天。

林非

2016年12月21日

（收作本文时，略有删节）

名师导航

作品速览

简·爱自幼父母双亡，生活在舅妈的家中。从小她就受到了与同龄人不一样的待遇：舅妈的厌恶，表姐的嫌弃，表哥的辱骂甚至是毒打。一天表哥又开始打她，她加以反抗，却被舅妈关进红房子中，她的舅舅里德先生就是在这间房子里去世的。她感到很害怕，被幻想中的鬼魂吓昏了过去，得了一场大病，过了很长时间才渐渐恢复健康。

后来，舅妈把她送进了一个半慈善性质的寄宿学校，这所学校的院长是个无情的伪君子，那里教规严厉，生活极其艰苦，简·爱依然受到精神上的摧残。由于生活条件极其恶劣，常常有孩子病死，她最好的朋友海伦在一次大的瘟疫中因肺病夭折了。这次瘟疫后，学校有了很大的改善。简·爱在这所学校里接受了六年的教育，又当了两年的老师。后来由于老师兼好友的谭波尔小姐要跟人结婚而离开学校，简·爱也厌倦了学校的生活，便去登广告想谋求家庭教师的职业。

后来，桑菲尔德府聘用了她，她当了阿黛勒的老师。一天黄昏，简·爱外出，碰到一个人从马上摔了下来，她急忙上前去帮他的忙。回到家后，简·爱才知道他便是庄园主罗切斯特先生。她和男主人公罗切斯特先生认识了，并且发现他脾气古怪，是一个性格阴郁而又喜怒无常的人，他和简·爱常常为某种思想辩论不休。经过几次接触，简·爱爱上了他。

桑菲尔德府整幢房子都沉郁空旷，有时人们还会听到一种令人胆战心惊的奇怪笑声。一天，简·爱在睡梦中被这种笑声惊醒，看到罗切斯特的房间着了火，简·爱叫醒他并帮助他将火扑灭。

罗切斯特回来后常常举行家宴。在一次家宴上，他向一位名叫英格拉姆的漂

亮小姐大献殷勤，简·爱被召进客厅，却遭到一些人的冷遇，她忍受屈辱，离开了客厅。此时，她已经深深地爱上了罗切斯特。其实罗切斯特也已经爱上了简·爱，他只是想试探简·爱。

经过几番周折，罗切斯特先生向她吐露了心声，两人擦出了爱的火花。

在他们举行婚礼的时候，简·爱却被告知罗切斯特先生的夫人并没有死，而是疯了，并且正被关在庄园里。法律阻碍了他们的爱情，使他们陷入了深深的痛苦之中。简·爱不愿当罗切斯特先生的情妇，于是离开了桑菲尔德府，来到一个她从没有去过的陌生地方。

历经了种种磨难和曲折，简·爱被一户人家收留了，并在牧师的帮助下找到了一个乡村教师的职位。不久，简·爱得知她的叔父去世并给她留下了很大一笔遗产，同时还知道了牧师圣约翰是她的表兄，于是简·爱决定将财产平分。圣约翰是个狂热的教徒，准备去印度传教，并请求简·爱嫁给他并陪他一起去。

简·爱拒绝了圣约翰，这时，她想起了罗切斯特先生，决定回去看望他。

当她再次来到桑菲尔德府的时候，桑菲尔德府已经变成了一片废墟。疯女人放火后坠楼身亡，罗切斯特先生的眼睛看不见了，并且有一只手被截了肢。简·爱没有因这些而嫌弃他，重新选择跟他在一起，并同他结了婚。后来，罗切斯特先生的眼睛被医生治好了，并且和简·爱有了自己的孩子。

认识作者

夏洛蒂·勃朗特，1816 年生于英国北部约克郡豪渥斯的一个乡村牧师家庭，父亲是个牧师，她有两个姐姐、两个妹妹和一个弟弟，夏洛蒂·勃朗特排行第三。母亲在她四岁时患病去世，而她的父亲收入很少，生活贫困，好在父亲是剑桥圣约翰学院的毕业生，学识渊博，他常常指导子女学习，这为她的文学之路奠定了基础。

由于生活贫穷，勃朗特姐妹不得不去慈善学校学习，但慈善学校的生活条件艰苦，夏洛蒂的两个姐姐先后患病死去，这给夏洛蒂留下了深刻的印象，在

《简·爱》里，孤儿院的海伦就是以她的姐姐为原型塑造的。在家里为了打发寂寞时光，夏洛蒂姐妹经常读书、写作以及撰写故事。根据夏洛蒂开出的作品名单，到她十四岁时，已经写了十一卷小说、诗歌和剧本。这为她在文学上一举成名做了准备。

在她们姨妈的资助下，夏洛蒂和妹妹一起去布鲁塞尔的一所学校学习法语，在这所学校，她们掌握了法语基础知识，并阅读了大量法国名著，了解了各派作家的创作风格和艺术特点。一年之后她们返回了故乡。

1845 年秋季的一天，夏洛蒂偶然看到妹妹艾米莉写的一本诗集，深受感动。于是，她用已去世的姨妈留下的遗产，和妹妹合出了一本诗集。虽然诗很美，但无人问津。

这本诗集的出版鼓舞了她们，这一年，夏洛蒂又写了一部长篇小说，取名《教师》，但没有被出版社接受。她继续努力，从生活中汲取营养，用一年的时间，写出了《简·爱》，两个月以后，书出版了，引起了轰动，夏洛蒂获得了成功。她于 1854 年和父亲的助手副牧师尼科尔斯结婚，但婚后仅八个月就因病去世，享年三十九岁。

夏洛蒂·勃朗特一共写了《简·爱》《雪莉》《维莱特》和《教师》四部小说，《简·爱》是夏洛蒂的代表作，至今仍受到广大读者的欢迎。她和妹妹艾米莉·勃朗特、安妮·勃朗特合称“勃朗特三姐妹”。

夏洛蒂·勃朗特在英国文学史上占有重要地位，是英国表现女性要求独立自主的强烈愿望的第一人。她的小说人物和情节都和生活息息相关，因此具有浓烈的抒情效果。后世关心女性自身命运问题的英美女作家，更是尊她为先驱，并把她的作品视为“现代女性小说”的楷模。

创作背景

《简·爱》是一部有着很浓的自传成分的小说，书中的故事虽然是虚构的，但是女主人公简·爱以及其他许多人物的生活和环境，甚至包括大量的生活细节，

都是来源于作者及其周围人的真实经验。

夏洛蒂·勃朗特在母亲去世后，就被送进了寄宿学校，后来又迫于情势，回家在约克郡荒凉的山区度过了童年。十五岁时，她进了伍勒小姐创办的学校上学，几年后又留在这所学校任职当教师。后来她又做过家庭教师，但由于不满贵妇人、阔小姐对家庭教师的刻薄和歧视，于是就放弃了家庭教师这条谋生之路。她曾打算自己办一所学校，在其姨妈的资助下开办了法语、德语进修班。但是没有人前来就读，进修班最终关闭。作者的这段经历激发了她强烈的表现自我的愿望，这对她投身于文学创作的道路起到了很好的促进作用。

《简·爱》写于 1846 年，是夏洛蒂的第二部小说，这部小说于 1847 年秋以柯勒·贝尔的笔名发表，随即在次年又两次再版。当时的英国已是世界上的头号工业大国，但英国妇女的地位仍旧没有改变，依然处于从属、依附的地位。女子的生存目标就是要嫁入豪门，即便不能生在富贵人家，也要努力通过婚姻获得财富和地位。当时女性视当个好妻子、好母亲为唯一的职业，而将写作当成职业的女性则会被认为不符合正当的女性气质，会受到社会激烈的攻击。从夏洛蒂以男性化的名字为笔名一事，就不难想象当时女性作家所面临着的困境。而《简·爱》这一经典名著就是在这样的背景下写成的。

作者在小说中以一个出身贫寒的年轻女子奋斗的经历，抒发了自己心中的积郁，深深打动了当时的读者。夏洛蒂·勃朗特，这位名不见经传的作者，也由此进入英国著名小说家的行列。小说表达出妇女不甘于社会指定给她们的地位而要求在工作、乃至婚姻上独立平等的思想，在当时不同凡响，对英国文坛更是一大震动。在当今文坛中，有人批评这部小说缺乏对社会现实更理智而深刻的分析：在描写疯女人的过程中，过多地追求“哥特式小说”的神秘气氛而忽略了表现现实的真实性；在描写牧师圣约翰时，美化了他献身基督教的传道事业，而忽略了殖民主义者侵略的行为。小说中所表现的这些局限性有着复杂的成因：有的是受作者的人生阅历所限——她毕竟只活了三十九岁，有的却是因作品本身的特点而限制，而有的则是因为历史的局限性所致。总之，一百多年来，《简·爱》的影响经久不衰，评论家、作家对其的热情不减。至今它仍然是广大读者喜爱的作品。

人物小站

简·爱

一个坚强、朴实、刚柔并济、独立自主、积极进取的女性，是本书女主人公。虽然她出身卑微、无父无母、相貌普通，但是她并不因此而自卑，相反她蔑视权贵，嘲弄虚伪。她思想高尚，崇尚自由，追求美好的爱情。在与男主人公的爱情路上表现出了自立自强的人格和美好的理想。她有顽强的生命力，不会向命运低头，最后拥有了想要的美好生活。

罗切斯特

桑菲尔德庄园主，拥有财富和强健的体魄，他个性坦荡、知识渊博，但是脾气暴躁，容易动怒。他年轻的时候，过着自由、放荡、流浪的生活。后来他下决心认真生活，爱上了简·爱并向她求婚。后来他由于第一任妻子的疯狂放火而失去一只手和一只眼睛，另一只眼睛也失明了。最后成了简·爱的丈夫。

里德太太

简·爱的舅妈，尖酸刻薄，曾违心答应丈夫收养简·爱，但对简·爱并不好。儿子的自杀使她中风，但她临死前良心发现，告诉了简·爱她还有亲属在世的真相。

伊丽莎·里德

里德太太的女儿，精明、很有心机，习惯把自己的一天安排得井井有条，日常生活规律如钟表般精准。她因弟弟的行为和家庭的败落感到非常痛苦，决心隐居，后来当了修女，并且成为修道院院长，将所有财产都捐献了。

圣约翰·里弗斯

简·爱的堂兄，英俊，有极高的信仰。他向简·爱求婚，但理由只是简·爱适合做一位传教士的妻子，成为他的助手，后来他一个人去印度传教了。

罗莎蒙德·奥利弗

活泼、美丽、善良的贵族小姐，圣约翰教区内唯一一位富人奥利弗先生的女儿，她帮助圣约翰创办学校救济穷人，他们相爱却都不表达。圣约翰以她不适合成为传教士的妻子为由拒绝简·爱撮合他们的好意。她最后嫁给了格兰比爵士。

目录 CONTENTS

第一章　盖茨黑德府　/ 1

第二章　罗沃德学校 / 10

第三章　初到桑菲尔德 / 20

第四章　罗切斯特归来 / 28

第五章　坠入爱河 / 36

第六章　宴会 / 47

第七章　发生在三楼的怪事 / 58

第八章　重回盖茨黑德府 / 69

第九章　爱的表白 / 79

第十章　婚礼 / 87

第十一章　别了，桑菲尔德 / 99

第十二章　流落异乡 / 108

第十三章　亲人 / 117

第十四章　沼泽居 / 133

第十五章　幸福生活 / 148

第一章 盖茨黑德府

名师导读

简·爱的父母去世了，她被舅妈收养。但舅妈对她心存偏见，她的表哥约翰·里德更是经常虐待她。她在这个家庭遭受了很多不公和委屈。简·爱遇到了什么事情开始反抗？又为什么被关进了红房子？后来简·爱被舅母送到了罗沃德学校，学校的生活条件怎么样？又是谁擦出了她人生希望的火花呢？让我们一起去寻找答案吧！

我的父亲是一名贫穷的牧师，母亲的家境很殷实，母亲和父亲结婚违背了外祖父母的意愿，外祖父母因此和我的母亲一刀两断。我出生没有多长时间后，父母就双双因病去世，是我的舅舅收留了我，他住在盖茨黑德。然而福无双至，祸不单行，没过多久我的舅舅也去世了，他在临终前嘱托我的舅妈，让她将我抚养成人，可是我舅妈内心对我有一种排斥感。

名师释疑

一刀两断 比喻坚决断绝关系。

排斥：使别的人或事物离开自己这方面。

此时此刻，窗外下着大雨，我们已经无法出去散步了。我的舅妈里德太太正在火炉边的沙发上倚靠着，伊丽莎、约翰和乔治亚娜——她的几个孩子坐在她的身边，围绕着她，他们一家人看上去显得幸福无比。对于我，里德太太让我不要和他们在一起，因为她不能把那些只会给予、懂得知足快乐的孩子的特权给我，除非保姆贝茜告诉她，而且她也亲眼看见。一直以来，我都在努力培养天真、随和的个性，努力使自己变得率真、自然、开朗一些。

我问："贝茜是怎么说我的？"

舅妈回答说："我不是一个喜欢钻牛角尖的人，但是一个小孩子像这样顶撞长辈真的很可怕。简，你找一个地方坐着，什么时候有一种平和的心态再开口吧。"

早餐室在客厅的隔壁，空间不大，我走了进去，里面立着一个书架，我从上面拿下一本印着很多插图的书，自己则藏在了窗帘的后面，聚精会神地看起书来。

在我的右边，红色的窗帘挡住了我的视线；在我的左边，有闪亮的玻璃窗将我保护了起来，使十一月阴冷天气的侵袭对我构成不了丝毫影响，又没有使我与外界隔绝。没过多久，我完全沉醉在书中美妙的故事情节之中。如果没有人来打扰的话，我会感觉到很快乐。然而快乐总是很短暂，打扰来得太突然，不知什么时候门被打开了，约翰走了进来，大声喊着我的名字，可能是他的目光不够锐利，头脑也不是很灵活，因此他并没有看到我。而伊丽莎将头从门外探了进来，大声说："她一定躲在窗台上。"

约翰·里德比我大四岁，是一位十四岁的男孩，长得又胖又大，经常虐待我。我一想到会被约翰硬拖出去，我的身体就有些发抖，于是马上走了出去。

名师释疑

率（shuài）真：直爽而诚恳。

钻牛角尖：①比喻费力研究不值得研究的或无法解决的问题。②比喻固执地坚持某种意见或观点，不知道变通。也说钻牛角、钻牛犄角。

名师指津

简·爱之所以要躲起来看书，不仅是需要一个安静的环境，最主要的是怕受到舅妈和表兄的打扰和阻止。

约翰二话不说，一来到我面前就开始打我。他扬手猛地推了我一下，我打了一个趔趄，倒退好几步才站稳。

“谁叫你鬼鬼祟祟地躲在窗帘后面了，像个耗子一样，”他怒气冲冲地说，“今天我就好好教训你一顿！”

对于约翰的辱骂我早已习惯，我从来都不敢顶嘴，心中一直都在思考着该怎样忍受随之而来的殴打。

“说，你为什么要躲在窗户后面？”约翰大声呵斥。

“为了看书。”我回答说，“我在看书。”

我走到窗户前，把书拿了过来。

“你为什么要动我们的书，我妈妈说你很穷，你的父母连一分钱都没有给你留下，你还得依靠别人来养活，像你这种人就应该去大街上乞讨，而不是和我们这些有钱人的孩子待在一起，和我们吃一样的东西，穿我妈妈花钱买来的衣服。你快滚吧，滚到门口站着去，离镜子和窗户远一点儿！”

我刚开始并不明白他的用意，但我已经习惯了逆来顺受，就按照他的话做了。随后我看到他把书举起，要抛过来，吓得我大声尖叫，本能地朝旁边一躲。可是来不及了，书正好砸中了我。我被砸倒在地上，头撞到了门上，鲜血流了出来。我大声叫道：“你是个残暴恶毒的孩子！你是一个杀人犯、奴隶的监工、罗马皇帝！”

“什么？看我不去向妈妈告状！”他抓紧我的头发，我同他

名师释疑

逆来顺受：对别人的欺负或无理的待遇采取忍受的态度。

名师指津

作者借简·爱之口骂约翰为“杀人犯、奴隶的监工、罗马皇帝”，展现出他的残暴、恶毒。

扭打成一团。我不清楚我有没有伤到他，只听见他恶毒地骂我“耗子！耗子！”并大声喊叫着。

里德太太、保姆贝茜和女佣艾博特很快就赶了过来，女佣拉开了我们，里德太太厌恶地瞅了我一眼，说道：“把她带到红房子里去，关起来！”于是立刻就有两双手按住我，把我拖到了楼上。

里德太太指定的那间房子，自从我的舅舅里德先生在这儿去世以后，再也没有人住过。房子里没有生火，非常寒冷。因为距离厨房和育儿室比较远，也非常安静。我坐在屋子里的矮凳上，心里感觉格外气愤和委屈。为何我总是被欺负、受折磨、挨骂呢？

“不公平！”我在心中呐喊，并想着，“我应该采取什么样的方法逃离这里呢？离家出走吗？万一走不成的话，那就不吃饭，活活饿死也好。”

天快黑了，光亮从屋子里渐渐消逝。听着雨水抽打着楼梯上的窗户，我感到越来越冷，勇气也消失了。接着，我想起了去世的舅舅。“如果他还活着，他一定会对我非常好。”突然，一条光线在天花板上抖动起来，我吓了一跳，叫喊着冲向大门，用力摇着门锁。贝茜和艾博特走进了屋子。“我看见一道光！好吓人！”我向贝茜哭诉。但很快里德太太来了，她严厉地说：“你以为玩这样的鬼把戏就可以出去了吗？我最讨厌你这种故弄玄虚的孩子，你还得在这里多待一个钟头。”随后，里德太太把我朝门里一推，把门锁上，走了。我昏厥了过去。

名师释疑

折磨：使肉体上、精神上受痛苦。

故弄玄虚：故意玩弄使人迷惑的花招儿。

名师指津

这是一个疑问句，作者借此表现出简·爱对自身遭遇的愤懑之情，这也是简·爱抗争不公命运的一种方式，展现出她不屈服的性格特征。

后来我记得，我好像做了一场噩梦：我看见眼前有一片可怕的红光，被一根根又粗又黑的条子隔断。一种铺天盖地而来的恐惧袭击了我，我感到更加神志不清了。不久，我感觉到有人在摆弄我，扶起了我，让我偎依着他坐着。以前我从来没有被人这样充满疼爱地扶过或抱过，我把头靠在一个枕头上面，或者是靠在一个人的胳膊上，感觉非常舒服。

名师指津 简做了一个噩梦，那些“又粗又黑的条子”正象征着她所经历的不如意的现实生活，并照应了白天所发生的那件事。这对简的凄惨经历起到了烘托作用。

五分钟后，迷茫的云烟不见了，我完全清楚自己正躺在我的床上，那片红光来自于育儿室里的炉火。此时是晚上，桌子上有点燃的蜡烛，贝茜端着脸盆站在床脚的旁边，一位绅士坐在我枕头旁边的椅子上，正低头注视着我。

名师指津 这句话与下文药剂师劳埃德先生给简·爱看病的故事情节相照应。

我清楚房间里有一个陌生人，我感到说不出的安心和宽慰，相信自己得到了保护。我把目光从贝茜身上（对于我来说，她远没有艾博特那么讨厌）移到这位绅士身上。我认得他，他是药剂师劳埃德先生。如果家里有人得了病，里德太太就会请他来，但她自己与孩子们不舒服的时候请的是另一位医生。“瞧，我是谁？”他问。

我把他的名字说了出来，同时将手伸给他。他把我的手握了一下，微笑着说：“会好起来的。”随后，他扶我躺下，告诉贝茜夜里不要打扰我，还说明天还会来，然后就走了。

第二天中午，我感到身体非常虚弱，但心灵上的创伤比身体上的虚弱更加让我痛苦。不过，我想我应当开心，因为里德太太和孩子们都不在家，艾博特在另一个房间里干活，而贝茜在这个屋子里收拾东西，还不时地同我说些体贴的话。贝茜去了一次楼下的厨房，给我捎来了一个馅饼，但我却吃不下，把馅饼放在了一旁。贝茜问我想不想看书，我开心起来，请求她给我拿放在图书室里的《格列佛游记》。这本书我看过很多遍，令我着魔。

贝茜收拾好房间后，从抽屉里拿出一顶做给乔治亚娜的帽子做起活来。她一面做一面唱歌，歌声中有一种难以形容的哀伤，我开始哭起来。

名师释疑

哀伤：悲伤。

小心翼翼：原形容严肃虔敬的样子，现用来形容举动十分谨慎，丝毫不敢疏忽。

包袱：比喻某种负担。

上午的时候，劳埃德先生来了。“怎么，已经起来了吗？”他一走到育儿室就说，“保姆，她怎么样了？”贝茜回答说我的情况十分好。

“那你应当高兴些呀，简·爱小姐，你怎么哭了？你昨天是如何生病的？”劳埃德先生问。

“我被别人推倒了！”我说。

这时叫仆人们去吃饭的铃声响了起来。劳埃德先生对贝茜说：“保姆，那是喊你的。你下去吧，我来开导一下简·爱小姐。”贝茜不情愿地离开了，因为在盖茨黑德府，仆人们不可以违背规定的用餐时间。

劳埃德先生的这个想法让简·爱后来的生活发生了很大的变化。

我向劳埃德先生说了我的遭遇。最后，他仔细思考了一会儿，小心翼翼地问我是否愿意离开盖茨黑德府，是否想上学。我认真考虑后，说十分愿意。我想他必定会向里德太太建议让我去上学，并且里德太太一定会非常愿意把我这个包袱摆脱掉，我很快就能够离开盖茨黑德府了。

在这个信念的支撑下，我的身体逐渐好转。我生病后，里德太太就让我一个人睡，并单独用餐。我整天待在育儿室里，而她和她的孩子们却常常待在客厅里。她没有暗示要把我送到学校，不过，我本能地感觉出她不会再让我在这个房子里跟她一起待多久了，因为此时她注视我的眼神里充满了厌恶。

伊丽莎和乔治亚娜严格地听从了里德太太的命令，几乎不跟我说话；约翰则一看到我就扮鬼脸，有一次还伸手打我。

在这个家中，只有贝茜对我还算可以。她有时会悄悄地拿些好吃的东西让我吃，高兴的时候，还会给我讲故事，唱好听的歌。

一天，家里来了一个叫布罗克赫斯特的先生。他把一所名叫罗沃德学校的情况介绍给了里德太太，随后，又问起关于我的情况。里德太太把我说成一个爱说谎、品德败坏的孩子。布罗克赫斯特先生走后，里德太太用厌恶的语气对我说："出去，回到育儿室去。"我感到有些话我必须讲。

我对里德太太说："我才不说谎呢！如果我要说谎，我会说我爱你，但我对天起誓，我对你不存在丝毫的爱意，更不爱约翰·里德！你知道吗？你对我没有丝毫的怜悯之情，从现在开始，我再也不会叫你舅妈了，长大了我也不会回来看望你！"里德太太听到我的话后惊呆了，而我，则成为这个战场上的胜利者。

名师指津

里德太太为人刻薄、自私，简终于无法忍受下去了，于是说出了深藏在内心的话。从她的话中可知，尽管简的生活有百般不幸，但她并没有屈服、隐忍，她选择了坚持自我。

名师释疑

怜悯（mǐn）：对遭遇不幸的人表示同情。

名师赏析

简·爱的命运很坎坷，亲生父母患病死亡，年幼的简被寄养在舅舅家中，可是不久疼爱她的舅舅也撒手人寰。她的舅妈对她心存偏见，对于她在家里遭受的不公视若无睹。后来，一个叫布罗克赫斯特的先生将一所学校的情况介绍给里德太太，并且询问了简·爱的情况。后来，简听到了里德太太对她的污蔑之后，再也无法继续忍受下去，把自己内心的真实想法说了出来。

学习借鉴

好词

祸不单行　二话不说　鬼鬼祟祟　怒气冲冲　逆来顺受　铺天盖地　神志不清

好句

* 我不清楚我有没有伤到他，只听见他恶毒地骂我“耗子！耗子！”并大声喊叫着。

* 我最讨厌你这种故弄玄虚的孩子，你还得在这里多待一个钟头。

* 我看见眼前有一片可怕的红光，被一根根又粗又黑的条子隔断。

*五分钟后，迷茫的云烟不见了，我完全清楚自己正躺在我的床上，那片红光来自于育儿室里的炉火。

*她有时会悄悄地拿些好吃的东西让我吃，高兴的时候，还会给我讲故事，唱好听的歌。

思考与练习

1. 简·爱为什么会受伤？

2. 简·爱为什么会被舅妈关起来？

3. 面对舅妈和表兄的虐待，简·爱有什么反应？

第二章 罗沃德学校

名师导读

简·爱来到了罗沃德学校，所在的学校生活条件极为艰苦，早餐难以下咽，甚至连脸都洗不成。她在这里曾经被别人误解为坏孩子，不过，最后事情被澄清了。她和海伦·彭斯建立了深厚的友谊。最后，海伦·彭斯去世了。她究竟是怎么去世的？海伦·彭斯去世后，罗沃德学校又发生了哪些变化呢？而这些变化又给简·爱的生活带来了什么样的影响呢？

四天后的清晨，我起床很早，因为我要出发到罗沃德学校去，从此再也不会回盖茨黑德府。贝茜在育儿室生好火，为我把早餐准备好了，但我心情非常激动，什么也吃不下。贝茜陪我一块儿离开了育儿室。

名师释疑

激动：①（感情）因受刺激而冲动。②使感情冲动。

冬日的清晨很冷，我冻得直颤抖。六点钟过后，从远处传来马车的车轮声，马车到了。马车上载满了乘客，管车人催促我赶紧上车，我的箱子被塞进了车里，我也被从贝茜身旁拉开了。

“好好照顾她！”贝茜对管车人大声说。

“行啦！”这是回答。车门被关上了，我们出发了。

马车穿过一座又一座城市，天慢慢黑了，我睡着了。后来车门开了，一个看上去像个仆人的女人接我下车，马车随即又驶走了。

我被带进一扇门，来到一个生火的屋子，一个人留在那儿。不久，先后走进来两位女士：走在前面的女士高个头、黑眼睛、黑头发，举止端庄；走在后面的女士脸色红润，但行动起来非常急促，一副总是有事做的样子。

“这孩子这么小，不该让她单独来。”高个子女士说，同时认真地看着我。“最好让她立刻去休息，她看上去很疲惫。”她说道。

“米勒小姐，让她吃点儿东西。你是不是第一次离开父母上学呀，小姑娘？”她问道。

我向她诉说了我的身世，以及其他的一些情况。听完之后，她用手摸了摸我的脸，说希望我是一个乖巧的孩子，然后便让我和米勒小姐一块儿走了。

米勒小姐是一位助理教师，她带我来到一间又宽又长的屋子，约莫八十个年龄从九岁到二十岁之间的姑娘坐在桌子的四周预习功课。晚饭后，米勒小姐念过祈祷文，各班级的姑娘们便排队到楼上就寝。这一夜，我跟米勒小姐睡同一张床。

醒来的时候，米勒小姐已经不在我身旁了。天气十分冷，起床后我冻得直哆嗦。大家轮流洗脸，然后排队下楼，走到一间灯

名师指津

这是一段外貌描写，作者以形象的语言交代了两位女士的容貌、神情、体型、姿态等外貌特征，加深了读者对人物的印象。

名师释疑

疲惫（bèi）：非常疲乏。

光暗淡又阴冷的教室里。米勒小姐在这儿念了祈祷文，随后大声喊道："分班！"

接下来是几分钟的混乱，大家慢慢围成四个半圆形，站在四张桌子旁的椅子前面，手里都拿着书，而每张桌子上都放着一本像是《圣经》的大书本。米勒小姐来回走动了一番，大家慢慢不说话了。远处传来叮咚的铃声，马上有三位女士走进教室。她们每人坐到一张椅子上，米勒小姐则坐在了第四张椅子上。她那张椅子跟门相距最近，周围是一群年龄最小的孩子，我也被叫了过去，被安排在后面。

我们背诵短祷文、经文，朗读《圣经》的章节。一个小时后，铃声响了起来，各班学生排队到另一间屋子吃早餐。此时我已经饿坏了，很想吃到早餐。可是，我闻到饭厅长桌子上放着的早餐散发出的难闻味道，听见第一班的姑娘们发出不满意的窃窃私语："讨厌，粥又烧煳了！"

早饭吃过后有十五分钟的休息时间，大家可以随便说一些话。上课时间到了，大家都坐到了自己的位置上。突然，大家不约而同地从凳子上站了起来，目光都聚焦在一个点上。我朝那个方向望去，看到了昨晚接待我的那个高高的女士——玛利亚·谭波尔小姐。米勒小姐在向她请示一些问题，然后开始正式上课。

下课的时候，谭波尔小姐说："我有一句话要跟同学们讲。"原本已经开始喧闹的教室马上安静下来。她接着说："今天的早餐大家都吃不下，我给大家准备了一些面包和干酪做点心。"然

名师释疑

圣经：基督教的经典，包括《旧约全书》（原为犹太教的经典，叙述世界和人类的起源，以及法典、教义、格言等）和《新约全书》（叙述耶稣言行、基督教的早期发展情况等）。

窃窃私语：私下里小声交谈。

名师指津

早上的粥烧煳了，简和同学们并没有吃好饭，谭波尔小姐便为她们准备了面包等可口食物，可见谭波尔小姐是个很细心的人，待人充满善意。

后从教室走了出去。

大家随即都领到了面包和干酪，来到教室外面的花园里。我看到一个姑娘正在旁边的一张石凳上坐着，她在看书，我跟她交谈起来。在交谈中，我了解到关于这所学校的情况。

罗沃德学校是一个半慈善性质的学校，学生们只需要缴纳少量的费用，其余的由附近或伦敦好心肠的先生、太太们资助，来这儿上学的大多是无父无母的姑娘。布罗克赫斯特先生是学校的司库和管事，公正、善良的谭波尔小姐是校长。另外，红脸蛋的史密斯小姐主要管活计和裁剪，因为我们的外衣、外套等都要自己来做。矮个子、黑头发的斯卡查德小姐教语法和历史，来自法国里尔的皮埃罗夫人负责教法语。

名师释疑

慈善：对人关怀，富有同情心。

我们交谈了片刻，召集吃午饭的铃声响了起来，大家又回到房间里去。午饭的味道并不比早餐好。

饭后，我们又返到教室里上课，一直上到五点。然后，我们吃了一顿由一小杯咖啡和半片黑面包组成的晚餐。接下来是半个钟头的娱乐时间，接着是学习，然后是一杯水、一块燕麦饼，再然后就是祈祷和上床。这就是我在罗沃德学校的第一天。

第二天与第一天一样，唯一的区别在于我们没有洗脸，因为壶里的水冻得很结实。水罐里的水冻成了冰。我们在寒冷中终于熬过了祈祷和阅读《圣经》的时间，开始吃早饭。早饭没有煳，但是分量却少得可怜，我多么希望给我的那一份粥能够多上一倍呀！

名师指津

学校里竟然连脸都洗不成，并且学生们在卧室冻得身体发抖。她们的早餐少得可怜，一点也满足不了她们的食欲。从这些可以看出，她们的校园生活非常艰苦。

在这一天，我被安排到了第四班，并给我安排了正规的课程和作业。在这之前，我在罗沃德学校仅仅是一个旁观者，而现在我正式成为里面的一员。我刚开始时对背诵课文有些不习惯，不断更换的科目也让我找不到方向。下午三点钟的时候，史密斯小姐让我在一旁学习缝纫，我非常开心。在接下来的一个小时里，我和很多姑娘一块儿缝纫，大家变得很安静，因此我可以听到围着斯卡查德小姐的第一班的姑娘们上课的情况。

在这个班级里，有一个不断被斯卡查德小姐指责的姑娘，她叫海伦·彭斯。把课文读完后，斯卡查德小姐开始问姑娘们问题，大多数姑娘都回答不上来，海伦·彭斯却对答如流。我本以为斯卡查德小姐会因此夸奖她，可是她不但没有夸奖，反而高声叫道："你这个肮脏讨厌的姑娘！你为什么不把指甲洗干净？"海伦·彭斯没有说是因为早上水结冰了才导致的，随后，斯卡查德小姐用树枝狠狠地抽打了她的脖子。

在后来的交往中，我了解到海伦·彭斯是一个十分聪明，而且知识渊博的女孩。可是很多老师更多地看到的却是她的肮脏。

冬天的天气很冷，罗沃德学校里的姑娘们穿得很少，而且很单薄，饭也吃不饱。孩子们总是感到饿，年龄大一些的孩子经常将我们的食物抢走大半。

我到罗沃德学校三周后，一天下午，布罗克赫斯特先生赶到学校，质问谭波尔小姐为什么要给我们面包和干酪作点心。他认为学校教育学生是让学生吃苦、忍耐、克己，而不是让学生养成

名师释疑

缝纫（rèn）：指裁剪制作衣服、鞋帽等。

对答如流：回答问话像流水一样流畅，形容反应快，口才好。

名师指津

海伦·彭斯能回答大多数姑娘回答不上的问题，这说明她很聪明。但斯卡查德小姐不但没有夸奖她，反而指责她，面对不公，她一滴眼泪也没流出，这从侧面反映了她是一个很坚强的姑娘。

放纵奢侈的习惯。

忽然，一个姑娘的头发引起了他的兴趣，他急促地说："谭波尔小姐，那卷头发的姑娘叫什么名字？还是一头红发！"

"她是裘丽亚·赛弗恩，"谭波尔小姐答道，"她的卷发是天生的。"

"天生！你应该把那姑娘的头发都剪掉。"布罗克赫斯特先生说道。随后，他又命令把第一班姑娘们的发髻都剪掉。谭波尔小姐无可奈何地接受了他的命令。

在布罗克赫斯特先生和谭波尔小姐说话时，我不小心滑落了手中的石板，砰的一声摔成了两截。

布罗克赫斯特先生大声地说："把那个冒失的学生带过来！"我旁边的两个大姑娘把我推向那个令人恐惧的法官。布罗克赫斯特先生说道："你们看见这个孩子了吧？她是一个说谎者！一位慈善虔诚的太太曾经领养了她，可是她却用忘恩负义来回报她的恩人。教师们，你们要看好她。"随后，他罚我站立半个钟头。

过了不到半小时，吃饭的铃声响了起来，我这才壮着胆子走了下来。我已经被布罗克赫斯特先生的话击垮了，坐在地板上大哭起来。

这个时候，海伦·彭斯走近了我。她给我端来了面包和咖啡，抚慰我，告诉我她相信我是清白的。我把头依靠在海伦的肩上，感觉很好。

没过多长时间，谭波尔小姐把我们领到她的房间，她对我

名师指津

这表现出布罗克赫斯特先生的刻薄与蛮横。在为人处世时，我们一定要有宽大的胸怀，求同存异，要有容人之量，不可强迫别人接受自己的思想和看法。

名师释疑

虔（qián）诚：恭敬而有诚意（多指宗教信仰）。

忘恩负义：忘记别人对自己的恩情，做出对不起别人的事。

清白：①纯洁；没有污点。②清楚；明白。

说："布罗克赫斯特先生说你是一个说谎者，但是你还没有为自己辩白，现在你把真实情况告诉我。"

我详细地向她讲起了我凄苦的童年，还提到了劳埃德先生。谭波尔小姐说："我认识劳埃德先生，我会给他写信，如果他能证明你说的是实话，我会公开澄清对你人品的诋毁。"

大约一星期以后，劳埃德先生在回信中证实了我的叙述。谭波尔小姐把全校师生召集到一块，声明对我的诋毁已经彻底澄清。这样，我便卸下了一个沉重的包袱。我准备从头努力，直奔我理想的人生。几星期后，我被升到了一班；不到两个月，我被允许学习绘画和法文。

名师释疑

澄（chéng）清：①清凉。②使混浊变为清明，比喻肃清混乱局面。③弄清楚（认识、问题等）。

春天降临了，学生们得了感冒也无人问津，全校八十个姑娘中，一下子有四十五个病倒了。于是，学校被迫停课，甚至有些姑娘已经走向了死亡。

海伦·彭斯也在这场瘟疫中病倒了。她得的是肺病，老师们将她安排在楼上的某个屋子里，我一连几周都没看到她。

六月的一天夜里，我看见花园门口站着外科医生贝茨先生的马。一般情况下，只有当有人病得很严重的时候，贝茨先生才会这么晚来这儿。他告诉我海伦·彭斯的情况非常不好，活不了多久了。我感到一阵悲哀和恐惧，随后很渴望跟她见上一面。

两个小时后，我找到了海伦·彭斯的房间，悄悄地走到她的床前，吻了一下她冰凉的额头，并躺着跟她说了些关于天堂的话。之后我便睡着了。我醒来时，海伦·彭斯已经离世了。

名师指津

只有共患难的朋友才是真正的朋友，在朋友处于灾难和疾病之中的时候，只有不离不弃地予以关怀和帮助，才能够赢得对方的友谊。

后来，灾难终于停止了，人们对这场灾祸的根源做了详细的调查，暴露出来的事实引起了公愤：学校的饭食不够吃，并且质量不好，做饭用的水又臭又咸，学生们的衣着和居住条件非常糟糕。这个结果使布罗克赫斯特先生蒙受耻辱，却使学校大受裨益。

郡里一些富裕的慈善家捐了一大笔钱，建造了一座更适宜的高楼，制定了新校规，改善了伙食与服装，学校的基金交托给一个委员会管理。学校成为一个真正有用的高尚学府。而我，在这儿当了六年学生后，又做了两年教师，我见证了它的成长。

后来，谭波尔小姐嫁给了一个品行端正的牧师。他们要搬到一个遥远的地方生活，因此我不得不跟她分离。

谭波尔小姐一走，我也想离开这里。我在报纸上刊登了一则广告，寻求一个家庭教师的职位。一个星期后我的广告有了回音：一位住在桑菲尔德的费尔法克斯太太来信说她有一个不到十岁的孩子，需要一位家庭教师。

在离开罗沃德学校的那天，贝茜来学校看望我。她已经跟马车夫罗伯特·利文结了婚，生了一个儿子与一个女儿，看起来非常幸福。她听我弹奏了一段钢琴曲，还看了我画的画。而盖茨黑德府那边，里德太太变胖了，乔治亚娜出落得很漂亮，伊丽莎经常跟乔治亚娜吵架，可能是出于忌妒。约翰成了浪荡子，挥霍了家里很多钱。另外，七年前，一位姓爱的绅士去盖茨黑德府找过我，但是里德太太跟他说我在五十英里外的学校里。听到这个消息他非常失望，但当时他着急赶船去国外，就遗憾地走了。他应

名师释疑

公愤：公众的愤怒情绪。

忌妒（dù）：对才能、名誉、地位或境遇等胜过自己的人心怀怨恨。

名师指津

简·爱对谭波尔小姐有很强的依赖心，她把谭波尔小姐当作自己的母亲、家庭教师，同时也是好朋友。谭波尔小姐的离去，使她感到很失落。所以她刊登了一则广告，准备另外谋求一份职业。

该是我的叔叔。

第二天早晨，贝茜在车站跟我告别。随后，她回盖茨黑德，而我登上了去往陌生地方的马车，新生活正在朝我招手。

名师赏析

简·爱来到了罗沃德寄宿学校。她在这所学校一住就是八年，在这里她体验了生活的艰辛和幸福，见证了学校的成长。在学校里谭波尔小姐是她所认识的人中跟她最为亲密的，她把谭波尔小姐当作母亲、家庭教师，也当成自己的好朋友。谭波尔小姐的离开给她的生活造成了很大的影响，她决定刊登一份广告，另外谋求一份职业。小朋友也应该在困难中不断进取，养成一种勇于和困难作斗争的精神。

学习借鉴

好词

颤抖　红润　乖巧　不约而同　导致　肮脏　诋毁　挥霍

好句

* 听完之后，她用手摸了摸我的脸，说希望我是一个乖巧的孩子，然后便让我和米勒小姐一块儿走了。

* 接下来是几分钟的混乱，大家慢慢围成四个半圆形，站在四张桌子旁的椅子前面，手里都拿着书，而每张桌子上都放着一本像是《圣经》的大书本。

* 我们交谈了片刻，召集吃午饭的铃声响了起来，大家又回到房间里去。午饭的味道并不比早餐好。

* 他认为学校教育学生是让学生吃苦、忍耐、克己，而不是让学生养成放纵奢侈的习惯。

* 春天降临了，学生们得了感冒也无人问津，全校八十个姑娘中，一下子有四十五个病倒了。

思考与练习

1. 布罗克赫斯特先生为什么要罚简·爱站半小时？

2. 罗沃德学校为什么会发生瘟疫？

3. 简·爱为什么要对海伦·彭斯讲一些关于天堂的事情？

第三章 初到桑菲尔德

名师导读

简·爱来到安静美丽的桑菲尔德庄园，终于见到了费尔法克斯太太，并对她产生了好感。她知道了桑菲尔德府的主人是罗切斯特先生，也了解了自己所要教的学生阿黛勒的一些情况。那么，阿黛勒到底是一个什么样的孩子呢？费尔法克斯太太又是一个什么样的人呢？在桑菲尔德府，简·爱还遇到了哪些出乎意料的事情呢？亲爱的小朋友，让我们一起将答案找出来吧！

经过十六个小时的车程，我到达了一个叫作米尔科特的城镇，我坐在路边的长椅上，看着熙熙攘攘的人群。突然，我看到一辆马车停在街道上，一个男人正站在开着的门旁等待我。

“我想您就是爱小姐吧，我是来接您的。这行李是您的吗？”他一见到我就用手指着放在走廊上的行李唐突地问。得到我的肯定回答，他便把箱子提起放到马车上。然后我们启程了。

夜里，我终于抵达了桑菲尔德。马车在一幢长长的房子前面停下来了。一个女仆从屋子中走出来，我下了车，跟着她走进门内。

名师释疑

熙(xī)熙攘(rǎng)攘：形容人来人往，非常热闹。

唐突：①乱闯。②冒犯。③莽撞，冒失。

“小姐，这边请。”女仆说。我跟着她穿过一间旁边有高门的四方形大厅，走进一间生着火、点着蜡烛的屋子。

这是一间舒适的小房间，温暖的炉火旁放着一张圆桌，一把老式高背扶手椅上坐着一位干净的小个子老妇人。她头上戴着寡妇帽，身上穿着黑色丝绸长袍，腰上系着白色的薄纱围裙，跟我想象中的费尔法克斯太太一样，不过看上去更和善。她正忙着编织，一只大猫娴静地趴在她脚旁。老妇人一看到我，马上热情地上前来迎接我。

名师指津

这是简对桑菲尔德的第一印象，舒服、温暖，也是她和费尔法克斯太太第一次见面，费尔法克斯太太是一个和善、慈祥的人。这也暗示着简在桑菲尔德庄园的幸福生活。

“我想，你应该是费尔法克斯太太吧？”我问。

“是的，很对。请坐吧。”她说着把我带到她的椅子跟前，把我的披巾拿了下来，帮我把帽带解开。我请她不用这么麻烦。她说：“莉亚，去拿一些热尼格斯酒来，再切上几片夹肉面包，我把贮存室的钥匙给你。”她从衣服的口袋里摸索出一大串钥匙来，递到引我进来的那个女仆手中。

“她把我当成客人了。”我想。我没想到自己会受到这样热情的接待，我本以为家庭教师受到的只有冷淡与傲慢。不过，我告诫自己不可以高兴得太早。

女仆很快回来了，费尔法克斯太太亲自把食物递给我。我感到受宠若惊，只好默默地接受了她的好意。

名师释疑

受宠（chǒng）若惊：受到过分的宠爱待遇而感到紧张不安。

“你来了，我很高兴，”她在我对面坐了下来说，“有个伴儿在一起生活将是很快乐的。桑菲尔德是个相当不错的庄园，可是到了寒冬，一个人在这幢华丽的大房子里生活会觉得非常冷清。

虽然莉亚是位好姑娘，约翰夫妇也非常老实，但他们是仆人，我总要跟他们保持一定的距离，对吧？秋天的时候，小阿黛勒·瓦伦和她的保姆来了，孩子总能够让房子里的气氛活跃起来。现在你也来了，我真开心。”

“不过，”她接着说，“已经十二点了，你赶了一整天的路，肯定累了，我领你到你的卧室去，就在我的隔壁。”

她拿起蜡烛从房间走了出来，我跟在她后面。经历了一天的奔波之后，我终于抵达了一个安全的避风港，做了祷告后我便进入了甜美的梦乡。醒来时，天已经亮了。

我起床后，穿过走廊，来到大厅，在那里停留了片刻，接着走出门去。我来到草坪上，打量这座宅邸的正面。这时，费尔法克斯太太在门口出现了。

“你真是个早起的人，”她亲切地亲吻了我，接着说，“这是个美好的地方，但我担心它会渐渐地败落，除非罗切斯特先生会回来居住。”

“罗切斯特先生，”我奇怪地问，“他是谁？”

“桑菲尔德的主人，”她心平气和地说，“而我，仅仅是个管家罢了。虽然罗切斯特先生的外公跟我丈夫的父亲是堂兄弟。不过，我并不指望从这种关系中得到什么好处，我只把自己看作一个普通的管家。而且，主人对我总是很客气，我也就非常满足了。”

“那么，那位小姑娘——我的学生呢？”

名师指津

热情待人是一种美德，设身处地地为他人着想更是一种高尚的品质，是一个人心地善良的表现。

名师释疑

宅邸(dǐ)：宅第。贵族官僚或大地主的住宅。

心平气和：心里平和，不急躁，不生气。

管家：旧时称呼为地主、官僚等管理家产和日常事务的地位较高的仆人。

“她是受罗切斯特先生监护的孩子，跟她的保姆一起来的。”

这时，一个小女孩在保姆的陪同下沿着草坪跑了过来。她约莫七八岁，脸色苍白，身材纤细。

名师指津
作者对小女孩进行了肖像描写，成功地塑造出了人物形象，突出了人物的性格，使读者能够对这个小女孩加深印象并产生进一步的了解。

“早安，阿黛勒小姐，”费尔法克斯太太说，“来跟这位小姐认识认识。她是来教你读书写字的，使你以后成为一个聪明的女人。”

“她们是外国人？”听到她们讲法语，我惊讶地问。

“保姆是外国人。阿黛勒出生在欧洲大陆上，离开那里还不到六个月。她总是将英语和法语混在一块儿，我听不懂她具体说什么。”费尔法克斯太太向我解释道。

幸好我曾拜过一个法国太太为师，学过法语。阿黛勒听说我是她的家庭教师，便走过来跟我握手，我们用法语简单说了几句话。后来，我们在桌子旁边坐下来，一起闲谈起来。

她告诉我，我能用她的语言讲话她非常高兴，因为在这儿除了保姆，谁也听不懂她说话。她还说到了她和保姆跟随罗切斯特先生坐船来这儿时，在途中生病的事。她讲的东西既多又快，费尔法克斯太太不禁担心我是否能明白，我告诉她一点儿问题都没有，于是她让我询问一下阿黛勒父母的情况。阿黛勒说，她以前跟妈妈一起住在一座干净漂亮的城市里，妈妈常常教她唱歌、跳舞、朗诵诗歌。妈妈有很多朋友，他们常常来看望她们母女，阿黛勒就为她们表演。她的妈妈现在到圣母玛利亚那儿去了。说完，她还为我们演唱了歌剧中的一首歌。

名师释疑
圣母：①神话中称某些女神。②天主教徒尊称耶稣的母亲玛利亚。

吃完早餐，我与阿黛勒离开餐厅，准备去图书室。我的学生非常听话，但有点儿不用功。我觉得刚开始不能对她要求得太严格，就简单地教了她一些功课。之后，我计划了一下接下来的课程，准备利用午饭前的时间给她画几张素描模板。

我上楼去取画夹和铅笔的时候，费尔法克斯太太喊住了我，招呼我来到一个十分气派的大屋子里。“好精致的房间！”我赞叹道。

“是呀，这是餐室，平时很少有人居住。但是罗切斯特先生总是突然回来，所以我就要常常把房间都准备妥当。”费尔法克斯太太说。听了这话，我不禁问起罗切斯特先生的性格和脾气来，但费尔法克斯太太并没有给我确切的回答，只肯定一点，那就是他是一个好主人。

走出餐室，费尔法克斯太太又领我来到顶楼，她去关上活动的天窗，留我一个人遥望远处的风景。忽然间，安静的屋子里传来一阵古怪的笑声，这笑声听起来既凄惨又恐怖。

“费尔法克斯太太，”我大声叫道，“这是谁在狂笑呀？”

“可能是些仆人，”她答道，“也许是格雷斯·普尔。”接着，她把格雷斯·普尔叫了过来。她是一个年龄在三十到四十岁之间的女人，长得虎背熊腰，满头红发，有一张冷酷而平庸的脸。

“吵死啦，格雷斯，”费尔法克斯太太对她说，“要切记我对你的吩咐！”格雷斯没有讲话，行了个屈膝礼就回房了。

“她是专门做针线活的，”费尔法克斯太太跟我解释说，“她

名师释疑

气派：①人的态度作风或某些事物所表现的气势。②神气；有精神。

脾气：①性情。②容易发怒的性情；急躁的情绪。

名师指津

简·爱听到了既凄惨又恐怖的笑声。费尔法克斯太太并没有确定告诉她是谁。那么到底是谁发出的声音呢？这应该也是大家都想知道的。

活干得非常好。对了，今天早上你和你的学生相处得怎样？”

这样，话题就转移到了阿黛勒身上。我们从楼上走了下来，阿黛勒活蹦乱跳地朝我们扑了过来，我们发现午餐已经准备妥当了，便去吃饭。

除了这次小插曲，我在桑菲尔德的生活格外平静，好像预示着我未来的经历会一帆风顺。

名师释疑

插曲：①配置在影视剧或话剧中比较有独立性的乐曲。②比喻连续进行的事情中插入的特殊片段。

名师赏析

简·爱的生活发生了实质性的变化。她来到桑菲尔德，当了一个富有人家的家庭教师。她见到了和蔼可亲的管家费尔法克斯太太，并跟她相处得很好。简·爱的学生是阿黛勒，她虽然不怎么努力，却很听话。简·爱的生活越来越好了，这让她感到很高兴。在人生的旅途中，没有永远走不出的泥泞，只要我们对未来的希望不破灭，继续努力，就一定能够实现自己的梦想。

学习借鉴

好词

娴静　受宠若惊　纤细　凄惨　虎背熊腰　一帆风顺

好句

*经过十六个小时的车程，我到达了一个叫作米尔科特的城镇，我坐在路边的长椅上，看着熙熙攘攘的人群。

*桑菲尔德是个相当不错的庄园，可是到了寒冬，一个人在这幢华丽的大房子里生活会觉得非常冷清。

*她讲的东西既多又快，费尔法克斯太太不禁担心我是否能明白，我告诉她一点儿问题都没有，于是她让我询问一下阿黛勒父母的情况。

*走出餐室，费尔法克斯太太又领我来到顶楼，她去关上活动的天窗，留我一个人遥望远处的风景。

*她是一个年龄在三十到四十岁之间的女人，长得虎背熊腰，满头红发，有一张冷酷而平庸的脸。

*除了这次小插曲，我在桑菲尔德的生活格外平静，好像预示着我未来的经历会一帆风顺。

思考与练习

1.来到桑菲尔德府后，简·爱的生活发生了哪些改变？

2.费尔法克斯太太是一个什么样的人？

3.费尔法克斯太太为什么要给阿黛勒小姐请家庭教师？

第四章

罗切斯特归来

名师导读

简·爱在给费尔法克斯太太寄信的路上碰到了一个骑马摔伤的行人。她对这位行人很友好，在看到这个行人受伤之后，就帮助了他。后来，她发现这个行人竟然就是桑菲尔德的主人罗切斯特先生。罗切斯特先生询问了一些她的情况，让她弹奏了钢琴曲，看了她画的画。在别人眼里，罗切斯特先生是一个很奇怪的人，为什么这样说呢？

在桑菲尔德，我经常一个人在庭院里散步，经常能听到格雷斯·普尔的笑声。跟第一次听到的一样，那是一种缓慢、低沉的大笑，让我毛骨悚然。我还能听见从她嘴里发出的古怪的嘟囔声，比笑声更加怪异。有时候，她也会非常安静。在桑菲尔德府居住的其他成员——女仆莉亚、约翰夫妇、法国保姆索菲都是本分的老实人，但是没有什么突出的优点。

> 名师释疑
>
> 毛骨悚（sǒng）然：形容很害怕的样子。
>
> 本分：①本身应尽的责任和义务。②安于所处的地位和环境。

十月、十一月、十二月就这样过去了。第二年一月的一个午后，阿黛勒感冒了需要休息，我无事便在图书室里坐了整整一上午，感到很疲倦。正好费尔法克斯太太刚写好一封信等待寄出，我便主动要求把信送到干草村去。

我走得异常快，到半路的时候，一个粗重的声音冲破了细微的潺潺水声与飒飒风声，从不远处传来。一条大狗悄悄地溜了出来，一匹高头大马接踵而至，马背上有一个人，从我身旁走过。我继续朝前赶路，还没走上几步，便听到一阵什么东西滑下来的声响。我扭过头，看到人和马都摔倒在地。他们是在路中间光滑的薄冰上滑倒的。那条狗跑了回来，看到主人陷入困境，听到马在呻吟，便狂叫起来。我走到这位旅行者身旁，问道："你伤到了吗？我能帮上忙吗，先生？"

"你得站在一边儿。"他一面回答一面爬起来，先是跪着，然后站了起来。马也很快站了起来，狗则被一声"下去，派洛特！"喝止住，安静了。这位骑手显然有些地方被摔痛了，因为他一瘸一拐地走到一个台阶边，一屁股坐了下去。

我走近他说："如果你伤着了，需要帮助，先生，我帮你去叫人。"

"谢谢你，我没事，骨头完好无损，只不过伤到了筋。"他说着再次站了起来，跺了跺脚，结果却疼得大叫了一声。

这个时候，借着微微的光亮，我看清楚了他的模样：他身上裹着骑手披风，中等身材，约莫三十五岁。他不是一位好看的绅士，脾气看起来也不怎么好，这令我感到毫不拘束。他挥手让我走开，我决定原地不动，说道："先生，没有看到你上

名师释疑

潺（chán）潺：形容溪水、泉水等流动的声音。

名师指津

简·爱不假思索地向这位旅行者伸出了援助之手，这是她内心善良的体现，小朋友也应该向简·爱学习，做一个心地善良、乐于助人的人。

名师指津

作者粗略地对这位陌生人进行了肖像描写，而"骑手披风"更是向读者暗示出了此人刚强坚毅的个性，与后文中他的表现相照应。

马，我是不会走的。我不能让你留在这条偏僻的小路上，天已经很晚了。”

我说这话的时候，他注视着我，而在这之前，他几乎没有向我的位置看过。“我觉得你应该回家了，”他说，“你从哪里来？”

“就在下面。”我答道，“只要有月光，我在外面待到再晚也不害怕。要是你愿意，我能够为你跑到干草村去，我恰巧要去那里寄信。”

“你住在那里——你说的是不是那栋房子？”他用手指了指桑菲尔德府问。桑菲尔德府的宅邸在银色的月光下显得愈加苍白。

“是的，先生。”我答道。

这个人打算通过简所穿的衣服推断简的身份，这说明他是个善于观察的人，也是个善于思考的人。

“当然，你不是府上的用人。你是——”他停住了，目光掠过我非常简朴的衣服，试图推断我的身份。

“我是家庭教师。”我说。

“啊，家庭教师！”他又说了一遍，仿佛想到什么似的。两分钟之后，他试图从台阶上站立起来，刚一挪动，脸上就流露出了痛苦的表情。“我不能托你找人来帮忙，”他说，“不过要是你乐意，你本人倒能够帮我一点儿忙。”

我表示愿意。他把我当作拐杖，让我扶着他走到马身旁，自己忍痛爬到了马背上，跟我告别后便扬长而去。他的狗跟在马后面，很快消失了。

我则继续朝前赶路。

当我回到桑菲尔德府的时候，府上的灯已经点亮了。我来到费尔法克斯太太的屋子，看到一只长着黑白相间长毛的大狗，同我在小路上见到的那只十分相似。我不由得叫了声："派洛特！"它随即跳起来，走到我面前，闻闻我。不久，莉亚进来了。

"这只狗从哪里来的？"我问。

"它跟主人罗切斯特先生来的。主人在路上出了点意外，马不小心摔倒了，他的脚踝受了点伤，约翰已经去叫外科医生了。"

她说完后便急匆匆地走出去让人上茶点，而我则上楼去了。

第二天上课时阿黛勒不怎么认真，她精神不集中，总想进去看看罗切斯特先生，还想着他给她带来了什么礼物。天黑的时候，费尔法克斯太太走了进来，我请她坐下，我们闲聊了一会儿后，费尔法克斯太太说："罗切斯特先生请你与阿黛勒今天晚上在休息室用茶点。"

我跟随在费尔法克斯太太的后面，走进一间雅致宁静的套间。两支点燃的蜡烛在桌子上放着，还有两支蜡烛放在壁炉架子上。派洛特舒坦地在炉火旁躺着，阿黛勒跪在它身旁，罗切斯特先生侧躺在卧榻上，正注视着阿黛勒和狗。炉火照亮了他的面孔，正是我遇见的那个赶路人。当我们走近他的时候，他连头都没抬。

"爱小姐来了，先生。"费尔法克斯太太文静地说。他点了点头，目光仍然没有离开狗与孩子。

"让爱小姐坐下来吧。"他让费尔法克斯太太去沏茶。

费尔法克斯太太很快把茶盘端了过来，但罗切斯特先生仍旧没有离开他的座位。

名师释疑

意外：①意料之外的。②意外的不幸事件。

踝（huái）：小腿与脚之间部位的左右两侧的突起，是由胫（jìng）骨和腓（féi）骨下端的膨大部分形成的。

注视：注意地看。

名师指津

原来简在路上帮助的那个陌生人就是罗切斯特先生，两人的相遇是如此巧合。而在写作中，没有巧合也就不存在故事，因此，要想使文章引人入胜，要学会设置巧合。

“请你将罗切斯特先生的杯子端过去吧，”费尔法克斯太太对我说，“我怕阿黛勒端不平稳。”

阿黛勒趁机说道：“先生，你的小箱子里有给爱小姐的一份礼物，对吗？”

委婉的措辞可以让人很容易接受自己的观点，还避免不必要的误会，同学们在与别人打交道时，也要学会委婉地表达自己的观点。

“谁说过礼物了？”他冰冷地说，“你希望得到一份礼物吗，爱小姐？你喜欢礼物吗？”

“我答不上来，先生，我对这些东西没什么体验。”

“爱小姐，你没有阿黛勒坦率，她一看到我就嚷嚷着要礼物，而你却拐弯抹角。”

“这是因为对于是否能够获得礼物，我不像阿黛勒那样有信心。她和你相熟，有权提出自己的要求。她曾经说过你以前常常送她礼物，从习惯的角度来说，她也有权提出来。而我仅仅是一个陌生人。”

“我已经考过阿黛勒了，发现你在她身上费了不少劲。她进步很大。”

名师指津

每个学生都是老师的一幅“作品”，老师们费尽心思，都是为了让学生取得进步。因此我们应该体谅老师的苦心，认真学习，获得学业上的进步。

“先生，你称赞我的学生有进步，已经算是给我颁发礼物了。”

“坐到火炉边上来，”他顿了顿说，“你是从罗沃德学校来的？你在那个慈善机构待了多久？”

“八年。”

“八年！那你的生命力一定非常顽强。一个人待在那样的地方，用不了多久就会把身体弄垮的。你的父母是谁？”

“我没有父母。”

“好吧，”罗切斯特先生接着说，“那么是谁推荐你到这里来的呢？”

“我登了广告，费尔法克斯太太给了我回复。”

“你会弹奏钢琴吗？”

“会一点儿。”

“大部分人都这么回答。到图书室去——请原谅我爱用命令的语气——带上一支蜡烛，敞开门，弹奏一首曲子，让我能够听见。”

我服从他的命令，去了。

“行啦，”刚弹几分钟后他叫道，“你会一些，这我明白了。和随便一个英国女学生差不多，也许比其中的一些要好，可弹得并不好。”

我把琴盖盖上，走了回来。他继续说：“今天早晨阿黛勒给我看了几张速写，她说那是你画的。对于你画的画你是否满意？”

“非常不满意。我想象的与我画出来的不一样，我为此感到很苦恼。”

“并不完全如此，至少你已经描绘出了你思想的影子。”

我刚把画夹整理好，他瞅了瞅表，说：“九点了，爱小姐，你快领阿黛勒去睡觉。”

我们跟他告别，他挥挥手，表示对我们非常厌烦，要把我们打发走。

名师指津

罗切斯特先生让简弹了一首钢琴曲，可刚弹几分钟他就直接说她弹得不好。他对简直言不讳，可见他是一个非常直爽的人，心里有什么就说什么。

对于罗切斯特先生的怪脾气，费尔法克斯太太认为十分合乎情理。她还告诉我一些关于他坏脾气的理由：罗切斯特先生的父亲很贪财，不想让自己的财产遭到分割，就将全部财产留给了罗切斯特先生的哥哥，并使罗切斯特先生陷入一种非常痛苦的境况之中。罗切斯特先生与家庭断交，过起了漂泊不定的生活。后来，罗切斯特先生的哥哥死了，罗切斯特先生继承了家族财产，但一般不回来居住，也许是认为这里太沉闷了。我觉得费尔法克斯太太的回答并不详细，罗切斯特先生古怪的脾气和痛苦的根源对于我来说依旧是个谜。

名师赏析

简·爱在去干草村寄信的路上遇见了一个受伤的行人。她主动向他伸出了援助之手，并且为自己的善举感到高兴。后来，她知道了那个行人就是罗切斯特先生。罗切斯特先生问了她一些问题，他似乎对简·爱有些挑剔，对她有点没礼貌。事实上，每个人都有自己独特的性格，我们一定要学会包容别人的缺点，学习别人的长处。

学习借鉴

好词

毛骨悚然　拘束　扬长而去　雅致　坦率　漂泊不定

好句

* 我走得异常快，到半路的时候，一个粗重的声音冲破了细微的潺潺水声与飒飒风声，从不远处传来。

* 他一面回答一面爬起来，先是跪着，然后站了起来。马也很快站了起来，狗则被一声“下去，派洛特！”喝止住，安静了。

* 我来到费尔法克斯太太的屋子，看到一只长着黑白相间长毛的大狗，同我在小路上见到的那只十分相似。

* 第二天上课时阿黛勒不怎么认真，她精神不集中，总想进去看看罗切斯特先生，还想着他给她带来了什么礼物。

* 派洛特舒坦地在炉火旁躺着，阿黛勒跪在它身旁，罗切斯特先生侧躺在卧榻上，正注视着阿黛勒和狗。

* 我觉得费尔法克斯太太的回答并不详细，罗切斯特先生古怪的脾气和痛苦的根源对于我来说依旧是个谜。

思考与练习

1. 简·爱为什么要帮费尔法克斯太太寄信？

2. 阿黛勒为什么会向罗切斯特先生索要礼物？

3. 据费尔法克斯太太所言，罗切斯特先生的怪脾气是如何形成的？

第五章 坠入爱河

名师导读

罗切斯特先生问简·爱自己长相如何，简·爱并没有因为他是主人就对他阿谀奉承，而是说出了自己内心的话。罗切斯特喜欢和简·爱聊天，向简·爱讲述了他和阿黛勒母亲之间发生的故事，简·爱发现自己爱上了罗切斯特先生。罗切斯特先生究竟有什么与众不同的经历？罗切斯特先生的房间里为什么会发生火灾呢？又是谁采用什么方法救了他呢？一切答案都在本章之中……

接下来的几天里我很少看到罗切斯特先生，他天天忙着处理事务，伤势得到好转后就经常骑马外出，深夜的时候才回来。

一天，罗切斯特先生派人通知我，要我和阿黛勒去楼下一趟。阿黛勒猜想，是不是要跟礼物见面啦——她之前一直认为由于不明原因的差错，她的礼物被耽搁在路上了。当我们走进餐室的时候，看到一个小小的硬纸盒在桌子上放着，阿黛勒一下子就认出了它。

“我的盒子！我的盒子！”她边叫边向盒子跑去。

“对，它是你的盒子。”罗切斯特先生说，“你这个地道的巴

名师释疑

地道：真正的；纯粹。

黎丫头，快拿着它，去一边玩吧，但切记要安静些，不要总来打扰我。”阿黛勒早已拿着她的宝贝坐到一张沙发上，专心致志地欣赏她的礼物去了。

“好，爱小姐，过来，坐到这里。”他把一张椅子拉到自己身旁说，“我不喜欢小孩子过于吵闹。”

他忽然回过头来，看到我正盯着他的脸看。

“你在认真地端详我呢，爱小姐。”他说，“那么，你认为我长得英俊吗？”

“不，先生。”我脱口把自己内心的真实想法说了出来，忘记了应当礼貌地回答。

“啊！我敢保证，你这人十分特别，”他说，“你看上去既文弱又单纯，可是别人一询问你问题，你就会直言不讳。”

“先生，请原谅我的直率。我本应该说，像容貌这种问题，不容易回答。很多事情由于每个人的审美观点不一样，因而得出的结论也就大相径庭。”

这时，阿黛勒来到罗切斯特先生面前。罗切斯特先生掉过头来对我说：“你瞧，她把我迷住了，从我英国裤袋里取走了我英国的钱。她是从我的青春岁月里留下来的一朵法国小花，我必须收留她、把她养育成人，做一件好事来为自己所犯下的大大小小的错误赎罪。改天再跟你解释这一切，晚安。”

没过几天，罗切斯特先生果然向我解释了关于阿黛勒的事情。

他说，阿黛勒是一个法国歌剧舞蹈家赛莉娜·瓦伦的女儿。

名师释疑

直言不讳(huì)：直截了当地说出来，没有丝毫顾忌。

大相径庭：《庄子·逍遥游》：“大有径庭，不近人情焉。”后来用“大相径庭”表示彼此相差很远或矛盾很大。

名师指津

当罗切斯特先生询问简·爱自己长得如何的时候，简·爱没有因为他是主人就巴结他，夸他。她认为罗切斯特先生长得不好看，这体现出她是一个诚实的人，不说假话。

他深深地爱上了赛莉娜·瓦伦，对于他的爱情，她宣称要用更加强烈的爱来回报。

“我简直受宠若惊。于是，我把她安置到一家旅馆，给她把仆人、马车、珠宝等都配备齐全，满足她物质上的要求。总之，我像其他的痴情汉一样，开始用世俗的方式摧毁自己。有一天晚上，我去看望她，去之前没有告诉她。她不在家，我就在她的屋子里坐下。这时候，月光皎洁，汽灯闪亮，非常寂静。我朝阳台上的椅子走了过去，坐了下来，取出一支雪茄——请原谅，我此时要抽一支。”

说到这里，他停了片刻，拿出雪茄放进口里，点燃后继续说：“我眺望着街道上那些驶向附近歌剧院的马车。在灯火辉煌的城市夜景里，我清楚地看到了一辆由两匹漂亮的英国马拉着的精致轿式马车，那正是我赠送给赛莉娜的礼物。她回来了，我怀着迫不及待的心情靠在铁栏杆上望着，却看到有一个人跟着她从马车里跳了下来。那个人脚跟上带着踢马刺，在人行道上行走的时候，发出了响声，同时他头上还戴着一顶礼帽……”

他咬着牙齿，沉默了，脸上呈现出木然的神色。

“先生，瓦伦小姐进来时，你有没有离开阳台？”我问道。

“我留在阳台上，打算给他们一个出其不意的见面。于是，我拉好窗帘，只留下一道缝隙以便观察他们。把该做的都做完后，他们就进来了。我看到他们把披风脱去，她身上所穿的衣裳、戴的珠宝都是我赠送的礼物，而她的同伴所穿的是军官制服。我认

名师指津

在他人面前吸烟会防碍他人。当要做有碍于别人的事情时，一定要事先征得别人的同意，并向别人表示真诚的歉意。

名师释疑

迫不及待：急切得不能再等待。

木然：形容一动不动或面无表情、反应迟缓的样子。

出其不意：趁对方没有料到（就采取行动）。

得他，他是一个浪荡子，我很瞧不起他。一认出他，我的妒忌之火就熄灭了，对赛莉娜的爱情也烟消云散了。我认为一个为了这样的男人而背叛我的女人不值得我去争夺。

“他们开始说话，说了些言不由衷的、琐碎的、没有任何意义的话。过了片刻，他们看到放在桌子上的我的名片，就开始讨论起我来。他们对我指指点点，赛莉娜夸大我外貌上的不足，称这些不足为残废，而以前，她却夸赞它们为男性美——在这方面你跟她截然相反，你第二次与我见面就直截了当地说我不英俊。当时我就认识到了这个差别，而且——”

这时候，阿黛勒跑了过来。“先生，约翰刚才说，你的经纪人来了，想见你。”她说。

“啊！既然如此，我们就长话短说。我走了出去，解除了我同她之间的保护关系，通知她从旅馆离开，同时扔给她一袋钱供眼下急用，不理睬赛莉娜歇斯底里的号叫、恳求和抗议，并与浪荡子约了一个时间和地点决斗。第二天早晨，我在他瘦弱的手臂里留下了一颗子弹。我以为从此我跟这伙人断绝了关系，没料到赛莉娜在六个月以前找到我，说同我从未谋面的小姑娘阿黛勒是我的女儿。也许她说的是实话，但在阿黛勒的容貌上我完全看不到她跟我哪里相似，同阿黛勒相比，派洛特长得倒更像我一些。赛莉娜后来遗弃了孩子，跟一个音乐家或歌唱家私奔到意大利去了。我听说他们现在穷困潦倒，于是把阿黛勒带出了巴黎的泥坑。现在，你知道阿黛勒是一个法国歌剧舞蹈家的私生女了，你会不

名师指津

赛莉娜当着罗切斯特先生的面时，尽说一些夸赞他的话。而在背地里，她竟然羞辱他，指责他的不足。这说明赛莉娜是一个表里不一的人。她和诚实的简·爱形成了鲜明的对比。

名师释疑

决斗：①过去欧洲流行的一种风俗，两人发生争端，各不相让，约定时间地点，并邀请证人，彼此用武器格斗。②泛指进行你死我活的斗争。

穷困潦（liáo）倒：生活贫困，颓丧失意。

会有一天来告诉我，让我去请其他的家庭教师呢？”

“不会的，阿黛勒不应该为她母亲的过错或你的过错承担责任，我很关心她。”

名师指津 简·爱并没有因为阿黛勒的出身看不起她，相反，她依然关心她，由此可以看出简·爱高贵的品质。

“原来你是从这样一个角度看待这件事情的。好吧，我该进屋了！天不早了，你也进去吧。”我没有进屋，与阿黛勒在外面又玩了一会儿。

渐渐地我发现罗切斯特先生给我的生活添加了一份乐趣，我感到十分愉快和满意。

夜晚，我被一阵含糊不清的噪音惊醒了。我从床上直起身，细细地听，那声音却又听不见了。

名师释疑 含糊：不明确；不清晰。

我想继续睡，心中却焦躁不安。就在这个时候，我的房门好像被碰了一下，仿佛有人在外面的走廊里摸索着走路。我问：“谁在那里？”没人回答，我吓得全身冰凉。

忽然，一阵低沉而压抑的恶魔般的笑声把我惊醒了，这声音好像是从我的头顶上传来的——我的床头正靠在门边，我还以为在那里站着一个恶魔。

“是格雷斯·普尔吗？她发疯了吗？”我想。我匆匆把外衣穿上，用抖动的手打开门。我看到门外的走廊里空气很混沌，好像有烟在罗切斯特先生的房门口弥漫。我急忙跑到他的屋子中，看到火舌从床的四周蹿出。

名师指津 作者用细致的动作描写反映出了简·爱内心的恐惧，也让故事情节更加生动逼真。

“醒醒！快醒醒！”我大叫着用力推他，可是他一点反应也没有。这时连床单都起了火，情急之下我拿起脸盆和水罐，把里面的水泼洒在床上和罗切斯特先生身上。随后我又返回自己的房间取来水罐，把里面的水也泼在床上，床榻上的火焰最终被我浇灭了。把水倒完后，我随手将水罐丢到地上，这声音终于把罗切斯特先生吵醒了。他发现自己周围全是水，恼火地质问："发大水了吗？"

"没有，"我答道，"刚刚失了火。先生，快起来吧！有人要杀害你，想把你烧死。你得赶紧去看看是谁干的。"

"好吧，我得找件干衣服穿上，嗯，找到了。好了，你去吧！"

我飞奔到走廊里，将走廊里的蜡烛拿来。他从我手中接过蜡烛，举起来借着光亮观察火烧的情况。床被烧得又黑又焦，床单湿漉漉的。

"这是怎么回事？谁干的？"他问。

我向他说了事情的经过，包括走廊里的怪笑声和朝三楼走去的脚步声。

他非常认真地听着，然后说："你不必去叫醒费尔法克斯太太，也不要叫醒约翰他们。你披上披肩，把自己裹暖和点，我要去三楼瞅瞅。你不要随意走动，保持安静，我回来之前哪里也不要去。"说完，他拿着蜡烛，轻手轻脚地穿过走廊，爬上三楼，最后完全看不见了。

我陷入黑暗之中，内心很焦急。过了很长一段时间后，灯光又一次在走廊上出现了。他回来了，脸色变得苍白，看起来非常忧郁。"我查清楚了，"他把蜡烛搁在洗脸架上，说，"跟我想的

名师释疑

湿漉（lù）漉：形容物体潮湿的样子。

名师指津

罗切斯特已经知道是谁点火，但是他不希望更多的人知道，在此作者留下了悬念。

一样。”

“怎么回事，先生？”

他一声不吭，思索了片刻，用一种奇怪的腔调问我：“你刚才打开房门的时候看到了什么？”

“地上放着一个烛台，我还听到了古怪的笑声。我知道这里有一个做针线活的女人，叫格雷斯·普尔，她就是这样笑的。”

“是的，她非常古怪。这件事就像你猜测的那样。你救了我的性命，让我来握一下你的手吧。”他把我的手握在他的手心里，继续说，“从今天开始，我就欠了你一笔人情债。从我第一次看到你的时候，我就知道，你会在某一个时候，以某一种方式为我做好事。你真是我宝贵的大恩人！简，晚安。”

他的声音中充满了奇怪的活力，眼神里有古怪的激情。

“我非常高兴，当时我碰巧醒着。”我说，然后准备离开。

“那么，你回去吧！”可是他仍旧抓住我的手不放，我又抽不回来。于是我想出了一个主意，说：“我似乎听到费尔法克斯太太的声音了，先生。”

“好，那你走吧。”他说，同时把我的手松开了。

回到自己的床上后，我一点睡意也没有。我的内心在澎湃的海洋上欢唱，一直到清晨。

早餐后，我听到罗切斯特先生的房间周围闹哄哄的，似乎有很多人都在议论着昨晚的火灾。一阵议论声过后，便是擦地板和收拾东西的声响。我经过这个屋子的门口，看到里面又被收拾得

名师释疑

腔调：①戏曲中成系统的曲调，如西皮、二黄等。②调子；论调。③指说话的声音、语气等。

澎湃（pài）：①形容波浪互相撞击。②形容声势浩大，气势雄伟。

名师指津

罗切斯特先生答应让简·爱离开，却仍然抓着她的手不放开。这说明他对简·爱恋恋不舍。简·爱说了一句转移他注意力的话，他就放开了她的手，这说明简·爱很聪明。

名师指津

作者在这里惜墨如金，用最简洁的语言将不必要的情节一带而过，使故事紧慢有致，节奏鲜明。

井然有序了。莉亚正在擦拭被烟熏得黑不溜秋的玻璃窗，我刚想跟她打招呼，却看到格雷斯·普尔正坐在床边的椅子上给崭新的帐子钉环。她像平时一样沉默寡言，完全看不出犯过罪后应该表现出的惊慌。“早上好，小姐。”她像平时一样冷淡而简短地对我说，继续干着手里的活。

“早上好，格雷斯，”我说，“我好像听到你们在议论什么，出什么事了？”

“没什么，只是主人昨天晚上在床上看书时睡着了，蜡烛点着了帐子。幸好他醒来得及时，用水罐里的水把火扑灭了。”

名师指津：这句话是罗切斯特对失火作出的解释，作者让普尔说出，是因为她是简认为的凶手，这引起简的好奇，并为下文做铺垫。

她的镇静让我感到奇怪，她说谎时一点也不愧疚的表情令我愤怒，我用话语试探她，结果她反过来试探我，问我昨天晚上有没有看到什么、听到什么。这引起了我的警觉，怀疑她是否要用恶毒的办法报复我。

名师释疑：镇（zhèn）静：①情绪稳定或平静。②使镇静。

吃饭的时候，我几乎没有听到费尔法克斯太太对我讲帐子失火的事情，心里一直在想着格雷斯·普尔这个人。我不清楚罗切斯特先生昨晚既然已经了解了她的罪行，为何没有控告她，甚至都没有解雇她。

名师指津：作者借简·爱内心奇怪的感受吸引了读者的好奇心，让故事能够紧扣读者的心弦，使读者继续阅读下去。

一整天过去了，我依旧没有看到罗切斯特先生。夜幕降临后，费尔法克斯太太邀请我去她的屋子里吃茶点，从她那儿我才知晓，罗切斯特先生并不在家里，他去了离这里十英里远的里斯——埃希敦先生那里。那里有许多上流社会的人物相聚，宴会的气氛欢快，格调雅致，而罗切斯特先生是社交圈里的宠儿。他也许会在那里待很久。

“里斯那里有漂亮的女士吗？”我问。

“埃希敦先生有三个女儿，她们都是文雅的年轻小姐。还有长得很漂亮的布兰奇·英格拉姆小姐，六七年前，我曾经见过她，当时她仅仅十八岁。她来这儿参加罗切斯特先生举办的圣诞舞会和聚会，当时有五十位女士和绅士在场，他们全部来自郡里的大户人家，英格拉姆小姐是那天夜里公认的美女。”

名师指津

英格拉姆小姐不仅长得好看，而且很有才华。简·爱想知道她跟罗切斯特先生有没有结婚的可能性，可见简已经喜欢上了罗切斯特先生。

“那么，费尔法克斯太太，她长得如何？”

“她高高的个子，脖子颀长，胸脯丰满，五官精致。”

从费尔法克斯太太那儿，我又得知英格拉姆小姐会很多才艺，唱歌悦耳，并且还没结婚。她还说英格拉姆小姐没有分到多少财产，因为她父母将财产都给了她的哥哥，所以她应该会找个富有的人结婚。我想知道她和罗切斯特先生有没有结婚的可能性，可是阿黛勒进来了，我们的谈话就转到了其他的方面。

名师释疑

异想天开：形容想法离奇，不切实际。

当我独自待着的时候，我认真考虑了听到的情况，感觉自己就是一个异想天开的傻瓜。罗切斯特先生是出身贵族的绅士，而我仅仅是一个地位低微的家庭教师，他又怎么会对我产生爱慕之情呢？他不可能跟我结婚，我的爱情之火不会得到任何回报，最终我会陷进爱的泥沼无法自拔。到那时候，我一定会疯掉的！

名师指津

做任何事情都应该提前做好心理准备，并想出多种应对问题的方法，只有如此，才能做到不慌不乱。

不久，我开始庆幸我在迫使自己的感情服从有益的方面。多亏了它，我才能淡定、平静地应付后来发生的种种事情。如果没有一点准备，那我可能连表面的镇静都没办法保持。

名师赏析

罗切斯特把他和阿黛勒妈妈之间发生的事情告诉了简·爱，简·爱明白了先生的意思，并不由自主地被他吸引了。一天晚上，简·爱听到了恐怖的笑声，随之发生了着火事件，两人的感情由此迅速升温。后来，她了解到了英格拉姆小姐的一些情况，并因此为情所困。在现实生活中，每个人都会遇到或大或小的挫折，我们应该正视挫折，始终保持积极向上的心态。

学习借鉴

好词

目不转睛　端详　直言不讳　大相径庭　皎洁　迫不及待
出其不意　烟消云散　琐碎　截然相反　直截了当　长话短说
穷困潦倒　含糊不清　焦躁不安　井然有序

好句

*阿黛勒猜想，是不是要跟礼物见面啦——她之前一直认为由于不明原因的差错，她的礼物被耽搁在路上了。

*很多事情由于每个人的审美观点不一样，因而得出的结论也就大相径庭了。

* 她是从我的青春岁月里留下来的一朵法国小花，我必须收留她、把她养育成人，做一件好事来为自己所犯下的大大小小的错误赎罪。

* 随后我又返回自己的房间取来水罐，把里面的水也泼在床上，床榻上的火焰最终被我浇灭了。

思考与练习

1. 阿黛勒与罗切斯特先生是什么关系？

2. 罗切斯特先生为什么会握住简·爱的手不放？

3. 简·爱为什么会患得患失？

第六章 宴 会

名师导读

罗切斯特先生家里来了很多客人，其中有绅士，更有名媛，他们一起在罗切斯特先生家里举行了聚会活动，那么，简·爱的心情会由此而受到影响吗？后来，来了一位算命的老妇人，她给前来聚会的每位未婚女性进行了命运的推算，而且一定要坚持给简·爱算命。这位老妇人到底心存什么用意呢？

罗切斯特先生离开两周后的一天早晨，我们正在吃早餐，邮局给费尔法克斯太太寄来了一封信。“这是主人寄来的，”她看着信上的地址说，“现在我们马上就可以知道他是不是要回来了。”

她拆开信封认真地看信，我继续喝我的咖啡。我的手在微微发抖，不小心把半杯咖啡洒在盘子里，但我并没有在意它。

> **名师指津** 此处生动地表现了处于恋爱时期的简迫切希望见到罗切斯特的心情。

“确实，有的时候桑菲尔德是冷清了些，但现在我们有机会要忙碌了。三天后，也就是周四，罗切斯特先生和很多人一起回来。我不知道会有多少位里斯的绅士、淑女同他一块儿来，他吩咐我把最好的卧室都收拾好，图书室和客厅也要打扫干净。”说

> **名师释疑** 淑（shū）女：贤良美好的女子。

完，费尔法克斯太太快速地吃完早饭，便急匆匆地去工作了。

在这三天的时间里，桑菲尔德府里的用人们非常忙碌。

一切都在星期四到来之前准备妥当。这是一个温暖的春日，阳光照耀着大地，此时虽然已经到傍晚，天气却仍旧很暖和。我打开窗户，静坐在教室中工作。

“时间不早了，”费尔法克斯太太走过来的时候说，“幸好我吩咐的开饭时间比罗切斯特先生预定的晚了一个小时，现在已经过了六点了。我已经打发约翰去门口了，看看大路上有什么动静。”

“太太，他们来了。”约翰说。

这队人马绕过屋角，消失在我的视线里。阿黛勒请求我把她领到楼下，我把她抱起来，告诉她只有在有人来让她下去的情况下她才能下去见客人，否则罗切斯特先生会生气的。她哭了，但看到我的神情变得严肃起来，就把眼泪拭干了。

不久，我们听见大厅里传来愉快的骚动声：绅士们低沉的声音和淑女们银铃般的声音交融在一块儿，而最清晰的声音是罗切斯特先生欢迎贵客到来的说话声。然后，轻盈的脚步声传了过来。

“你饿吗，阿黛勒？”我问。

“当然饿了，我们已经有五六个小时没有吃东西了。”她答道。

于是我趁太太小姐们都在她们的屋子里时，冒险赶到楼下的厨房里。我取了一份冷鸡、一些馅饼、一卷面包、两个盘子和刀

名师释疑

吩咐：口头指派或命令；嘱咐。

骚（sāo）动：秩序紊乱；动荡不安。

作者根据“我”听到的声音，从侧面展现出了一幅欢快、融洽的画面，与“我”内心的不安形成了鲜明的对比。

叉，接着匆忙地退了出去。我刚刚关上厨房的门来到走廊里，就听到一阵嗡嗡的声响，我知道太太小姐们要从客房里出来了。为了不被她们看到，我只好站在原地一动不动。我所在的地方很暗，因为没有窗户，而且太阳已经落山了，暮色愈来愈浓。

名师指津
简·爱是一个比较低调的人，不想引起别人的关注。

不久，美丽的住客就从客房中一个接一个地走了出来，她们看起来很高兴，衣服在昏暗的光中熠熠发光。很快，她们便下楼了。这时，我看到阿黛勒正从教室微开的门缝里朝外偷看。“多漂亮的女士们！”她高声说。

阿黛勒真是饿坏了，急忙吃起鸡肉和馅饼来。幸好我取了这些食物，要不然我们都会吃不到晚饭，因为楼下的用人们确实很忙，根本考虑不到我们。

阿黛勒睡不着，我给她讲故事，然后带她去走廊里透气。大厅里的灯亮着，她俯在栏杆上快乐地看楼下的用人们走来走去。夜深了，客厅里传出音乐声。不久，歌声随着悠扬的琴声响起，唱歌的是一位女士，歌声婉转悦耳。独唱过后是二重唱，然后是无伴奏重唱，歌曲间歇期间，还有嗡嗡的、欢快的谈话声。

名师指津
作者用正反两面相结合的方式描写出了大厅中热闹的气氛，从侧面衬托出简·爱心情的沉郁。

时钟敲了十一下，已经十一点了。阿黛勒靠在我的肩膀上，昏昏欲睡，我把她送到床上。将近一点钟时，男女宾客们才回房睡觉。

第二天的天气跟前一天一样好，客人们到周围的某个地方去游览。我目送着他们出发，又看着他们返回。英格拉姆小姐一如既往地骑马——她是唯一一个骑马的女士。罗切斯特先生在她身

名师释疑
游览（lǎn）：从容行走观看（名胜、风景）。

边，他俩一路领先，同其他客人拉开了距离。

客人们回来的时候正好到了吃晚饭的时间，拱门上的帷幔拉开了，我能够看到餐厅内的情况。总共是八位女士，都穿着宽大的裙服。这八位女士包括埃希敦太太与她的两个女儿、利恩夫人、丹特上校太太、英格拉姆夫人以及她的两个女儿，其中最惹人注目的当然是布兰奇·英格拉姆小姐了。她像白杨树似的亭亭玉立。

她们一走进来，阿黛勒就站起身去向她们问好，还庄重地行了礼，一本正经地用法语说："太太小姐们，你们好。"

英格拉姆小姐嘲笑地看着她，叫道："哈，好一个小玩偶！"

利恩夫人说："这应该是罗切斯特先生监护的孩子吧？他曾经说过这个法国小女孩。"

丹特上校太太慈爱地拿起阿黛勒的小手亲了一下，两个埃希敦小姐异口同声地叫道："多可爱的孩子！"接着，她们把她带到沙发上，让她坐在她们中间。受到这么多人的宠爱，阿黛勒感到心满意足。

用人们将咖啡送来的时候，绅士们被请了过来。他们和女士们一样都显得十分庄严。利恩是时髦的年轻人，丹特上校是个有军人气概的俊朗男子，地方官埃希敦是位白头发的绅士，英格拉姆勋爵英俊高大，但跟他的姐妹一样，显得非常冷漠。罗切斯特先生在最后头走着。

看着他时，我感到很快乐，这快乐十分宝贵，却又像毒药一般能将我引入死亡的深渊。在我眼中，罗切斯特先生美极了。但

这句话运用了比喻的修辞手法，将布兰奇·英格拉姆小姐比作一株白杨，形象地表现出其修长的身姿与迷人的体态。

名师指津

作者在这里借英格拉姆小姐之口用"小玩偶"代指阿黛勒，不仅使语言更加生动幽默，还反映出了英格拉姆小姐傲慢的性格。

名师释疑

庄严：庄重而严肃。

现在，他瞅都没瞅我一眼，我却深深地爱上了他。

自从先生们进来之后，女士们就变得愈加活跃了。罗切斯特先生跟两位埃希敦小姐说完话后，一个人站在壁炉边上。此时英格拉姆小姐正单独在桌子旁边站着，她翻看着一本画集，看上去很优雅。她走到他身旁，面对他站着，问道："罗切斯特先生，你为何会领养这个小家伙（她指的是阿黛勒）呢？"

"是别人托付给我的。"

"你应当将她送进学校。"

"我可负担不起，学费太贵了。"

"哈，我想你为她聘请了一个家庭教师——就是躲在窗帘后面的那个。你不觉得请这么一个人，会花更多钱吗？"

我担心，或者不如说我希望当他们谈到我时罗切斯特先生会瞅我一眼，所以我不由自主地朝窗帘后藏了藏，可他压根儿就没有把目光投向我。

找了个机会，我终于离开了那隐蔽的角落，穿过过道时，我猛然看见罗切斯特先生走了过来。

"你好吗？"他问。

"很好，先生。"

"为什么你刚才在客厅里不跟我说话呢？"他问我的这个问题正是我准备问他的。

"我不想打扰你，你一直很忙。"我答道。

"你最近在做些什么呢？你的脸色看起来非常苍白，着凉了

名师指津

简之前并不认为罗切斯特先生很英俊，此刻却认为他美极了，作者运用对比展现出她前后不同的心境，为简与罗切斯特先生关系的发展做了铺垫。

吗？”他又问。

“给阿黛勒上课，跟平时一样。我很好，现在我该到房间休息了，先生。”

他凝视着我，说：“你看起来有点忧郁，出什么事了？”

“没有，先生。”

“我敢肯定你有的，你的眼泪已经在眼眶里打转了。好吧，你先回去休息吧，但我的客人在这儿的这些日子里，请你每天晚上来一趟客厅。晚安，我的——”他忽然住了口，转身走了。

罗切斯特先生从简·爱的表情能够推测出她不高兴，可见他非常关心简，而一个“我的——”则给人留下了遐想的空间。

客人们仍旧留在桑菲尔德府，这些日子跟我平时安静的生活相比，是多么忙碌和快乐啊！客人们每天在客厅里变换着娱乐活动，英格拉姆小姐总是表现得非常出众，当然也非常骄傲，并且十分讨厌小阿黛勒。

一天，罗切斯特先生有事去了米尔科特，要很晚才能返回，客人们只能在府里做些活动打发时间。黄昏的时候，有一个陌生人来了，说话带有外国口音，约莫三四十岁，脸色蜡黄。他说要见罗切斯特先生，请求留在房间里等待。不久他跟其他绅士说起话来，从中我得知他叫梅森。

晚饭后，客人们汇集在客厅里。不久，用人禀报说外面有一位算命的老太婆，一定要给小姐们算卦。

“对她说，如果她不走的话，就给她戴上手铐和脚镣。”地方官埃希敦先生说。

“且慢，”丹特上校上前阻止说，“不要赶走她，埃希敦，我们还是跟女士们商量一下吧。”接着他大声说：“女士们，你们想见她吗？”

先生和小姐们立即议论起来。他们得知这个老太婆长得奇丑无比，是个“地地道道的巫婆”，都觉得蛮有趣，但又很犹豫。后来，一直一声不吭地坐着看乐谱的英格拉姆小姐转过身，用傲慢的语调说：“我非常好奇，想听一下人家给我算命。山姆，你把那个丑婆子给我叫来。”

用人出去了。客人们变得兴奋起来，互相开着玩笑。不久，山姆回来了，说：“她不肯来。而且，她只接待没有结过婚的小姐。”

客人们又议论起来。不久，英格拉姆小姐站了起来，一本正经地说：“我第一个去。”

名师指津

英格拉姆小姐表现得很大胆，像是要英勇就义一般提出去见“巫婆”，表明了她急切地想表现自己并迫切地想占卜自己的未来。

十五分钟后，英格拉姆小姐回来了。大家纷纷问她如何，她冷冰冰地说：“你们太好奇和轻信了，以为她会是一个与魔鬼勾结的巫婆。事实上，她仅仅是一个流浪的吉普赛人。”说完，她拿了一本书，在椅子上坐下来，不再跟任何人说话。但半个小时之内，她没有掀起一页，脸上流露出越来越明显的沮丧、生气与失望。

名师指津

虽然从表面上看，她在看书，但半小时内没掀起一页，而且她看上去很生气、沮丧、失望。我们可以从中猜测出，她并没有把实情告诉大家。

这段时间里，其他小姐也轮流进去了，回来后便叽叽喳喳地讨论起来。

“对不起，小姐，那个吉普赛人说屋子里还有一位未出嫁的小姐没去找她，她发誓说没有看到所有的年轻小姐就不走。我想，她说的是你，因为这里没有另外的人。”山姆对我说道。

“好吧，我去。”我答道。我没有想到能有这样的机会满足我的好奇心，因此感到很开心。

我进去的时候，那个“女巫”正在安乐椅上坐着，头上戴着黑色女帽，半蒙着脸，看起来非常奇怪。她用大胆而直率的眼睛注视着我，粗鲁地问：“你要算命，对吗？”

“我才不在乎呢，你愿意怎么样就怎么样吧，我并不相信。”

“是吗？”她发出一阵狂笑。不久，她说：“罗切斯特先生就要娶漂亮的英格拉姆小姐为妻了。”

“最近吗？”我问。

“种种迹象都体现出了这一点。毫无疑问，他们将会成为幸福的一对儿。不过，差不多一个小时以前，我告诉了英格拉姆小姐一些事情，她听了就阴下脸来。我想我应该告诉她的求婚者小心一些，如果再来一位更有钱的求婚者，他可就完蛋了——”

“可是，我是来算自己的命的，不是来算罗切斯特先生的命的，你还什么都没跟我说呢。”

她让我跪在她跟前，说：“你的命运还难以确定。从你的面相来看，命运已经赐予你一种幸福。幸福就在你附近，就看你是否会伸出手将它拿起来了……”她说着，忽然转变口音，用另一种语调说：“好了，爱小姐，我已经把戏演完啦，你可以起来了。”

我看到她脱掉斗篷，把帽子摘下来，露出罗切斯特先生的面孔，感到像是在做梦一样。“你觉得我演得怎样？简，原谅我吧，这只是一个玩笑。”

名师释疑

女巫：以装神弄鬼、搞迷信活动为业的女人。也叫巫婆。

迹象：指表露出来的不很显著的情况，可借以推断事物的过去或将来。

名师指津

从这段话中可以看出，所谓的“算命”不过是罗切斯特先生故意开的一个玩笑。但是其中一句“幸福就在你附近，就看你是否会伸出手将它拿起来了”却别有深意，这似乎是在暗示简与罗切斯特的关系，为后文发展埋下伏笔。

“简，你能告诉我客厅里的人都在干什么吗？”

我告诉他，他们在谈论吉普赛人，谈到了家里还来了一位叫作梅森的陌生人。听到此事后，罗切斯特先生脸上的笑容僵住了，脸色变得惨白。

“先生，你怎么了？”我问。

“简，我受了一次打击。”他请求靠在我的肩膀上。

不久，他说：“简，到餐室里去给我拿一杯酒过来，我知道客人们正在那里吃晚餐，你告诉我梅森是不是跟他们在一块儿，他在做什么。”

我去了，看到客人们正在吃饭。梅森先生站在火炉附近，跟丹特上校夫妇说着什么。我在英格拉姆小姐紧蹙眉头的注视下倒了一杯酒。

我把酒拿给罗切斯特先生，他一饮而尽，接着问我他们在干什么，我据实告诉了他。

“要是我到他们那儿去，他们会走开，我该怎么办？你会跟他们一块儿走吗？”他忽然问。

“我想不会，留下来和你在一起会更愉快些。”

“那么，回到那个屋子里去，悄悄走到梅森先生面前，小声告诉他说我回来了，想见见他。”我在客人们的注视下执行了他的命令。深夜的时候，我躺在床上听见罗切斯特先生高兴地说：“到这里来，这是你的房间，梅森。”于是我安心地进入了梦乡。

名师指津

当罗切斯特先生知道家里来了一个叫梅森的人的时候，脸色变得惨白。我们可以猜测出，一定有他担心的事发生了。

名师释疑

蹙（cù）：皱（眉头）；收缩。

名师赏析

罗切斯特先生带来了很多客人，这些人看上去大都很高贵。简·爱看到罗切斯特先生对英格拉姆小姐大献殷勤，她虽然感到难过和嫉妒，却一直守护着自己爱罗切斯特先生的心。她在一个地方专注地观察他，对他的爱越来越真挚，也越来越深。然而，罗切斯特先生很少关注她，似乎心思从来都不在她身上。尽管如此，她对罗切斯特先生的爱意一点儿也没减少。精诚所至，金石为开，只要能够坚持自己心中的信念，就一定会得到上天的眷顾，爱情亦是如此。

学习借鉴

好词

轻盈　熠熠发光　悠扬　昏昏欲睡　一如既往　心满意足

俊朗　不由自主　凝视　毫无疑问　一饮而尽

好句

* 黄昏的时候，有一个陌生人来了，说话带有外国口音，约莫三四十岁，脸色蜡黄。

* 我没有想到能有这样的机会满足我的好奇心，因此感到很开心。

*我看到她脱掉斗篷，把帽子摘下来，露出罗切斯特先生的面孔，感到像是在做梦一样。

思考与练习

1. 作者为什么要交代“罗切斯特先生去了米尔科特，很晚才能返回”这件事情？

2. 罗切斯特先生扮成算命老妇人的用意是什么？

3. 请简要地说一下英格拉姆小姐是一个什么样的人。

第七章 发生在三楼的怪事

名师导读

在罗切斯特回来的当天晚上，简·爱忘记了挂帐幔和窗帘，月光把她叫醒。突然她听到了惊叫声，听到有人在喊“救命”。罗切斯特先生欺骗大家说是由于一个用人做噩梦造成的。罗切斯特先生找到简·爱，并且让她见到了受伤的梅森先生。他的半边衣服和整条胳膊上全是血。当罗切斯特先生离开后，她独自守着梅森先生，并感到很害怕。罗切斯特先生为何走开？梅森先生身上的伤又是谁造成的呢？

就在这天的晚上，我睡觉时忘记了把帐幔放下，也忘了把窗帘拉上。结果，当又圆又大的月亮将它的光芒照耀在我脸上时，我醒了过来。我欠身坐起，伸手想把帐幔放下来。忽然，一声尖锐、刺耳而又狂野的叫声撕破了桑菲尔德府黑夜的寂静。

名师指津 这一句运用了拟人的修辞手法，说叫声仿佛“撕破”了黑夜的寂静，渲染出一丝紧张气氛。叫声到底是怎么回事呢？这让文章充满悬念。

我被吓得差点连脉搏都停止了，伸出的手停在半空中。一段时间内，叫声没有再次响起。

我知道这叫声是从三楼传过来的，因为它正是在我的头顶上响起来的。在我的头上——不错，就在我屋子天花板的上面。现

在我听到上面传来一阵搏斗的声音，从声音来判断，那应该是一场生死搏斗，有一个声音喊道："救命！救命！救命！"

"没有人来吗？"那声音急切地叫道。随后，我听见一阵狂乱的脚步声。那声音又喊道："罗切斯特！罗切斯特！看在上帝的分上，快过来啊！"

一扇门被打开了，有人沿着走廊奔跑了过来。楼上多了一个人的脚步声，然后什么东西跌倒了，随之是一片安静。

我吓得发抖，但还是穿上衣服从房间走了出来。熟睡的人全都被弄醒了，很快，走廊里的人越来越多，听起来很吵。嚷嚷的议论声从四面八方响起。幸好有月光，要不然他们就会陷在一片漆黑当中。

"真见鬼，罗切斯特在哪儿？"丹特上校叫道，"他的床上没有人！"

"在这里！在这里！"罗切斯特高声答道，"请大家镇静一些，我来了。"

走廊尽头的门被打开了，罗切斯特从里面走了出来。他手中拿着蜡烛，显然是刚从楼上下来。

"发生什么可怕的事了？"英格拉姆小姐问，"快说啊！赶快把最坏的消息告诉我们！"

"不要把我拽倒。"他回答。此时两位埃希敦小姐正紧紧地两手抓着他。

"一切都好！什么事也没有，"他叫道，"只不过在排演《无

名师释疑

搏斗：①徒手用刀、棒等激烈地对打。②比喻激烈地斗争。

作者借丹特上校之口道出了几句粗言俗语，反映出了他焦急的心态，让文章的内容显得更加真实。

名师指津

作者在这里引出莎士比亚《无事生非》的喜剧，不仅符合此情此景，还巧妙地掩盖了当时事情的真相。

事生非》罢了。女士们，让开些，要不然我就要凶相毕露了。”

他看上去的确很可怕，眼睛里射出火花。

“一个用人做了噩梦，仅此而已，”他补充说，“她容易激动，有一点神经质，被梦里出现的鬼怪或类似的东西吓疯了，晕了过去。好吧，现在我需要你们回到自己的房间去，因为只有在大家安静下来以后我才能够好好地照顾她。”

经过他这一番哄骗跟命令，所有的人都返回了自己的房间，把门关上了。

名师指津

罗切斯特先生骗得过别人，却骗不过简·爱，因为那发出声音的房间就在简·爱的房间上面。她听得很清楚，坚信惊吓客人的不是做噩梦的用人。

名师释疑

坚信：坚决相信。

透露：①泄露。②显露。

我没有上床去睡觉，而是小心地把外衣穿好。我想那尖叫声以及之后传来的说话声也许只有我一个人听到了，因为那是发生在我上面的房间的。这些说话声让我坚信，惊吓到所有客人的并不是一个做噩梦的用人，罗切斯特先生的解释是谎言。我把衣服穿好，以备不测。

但似乎什么也没发生，各种低语和活动的声音逐渐停止，差不多一个小时过后，桑菲尔德府又恢复了深夜的宁静，客人们都入睡了。我静静地走过地毯，刚弯下腰想把鞋脱下来，就听到轻轻的敲门声。

我走了出来。罗切斯特先生正拿着蜡烛站在走廊里。

“我需要你的帮助，”他说，“走这边，别急，别弄出声响。”

我穿着十分薄的拖鞋，走起路来像猫一样轻。他静静地穿过走廊，走上楼梯，在三楼那透露着不祥气息的低矮走廊里停了下来。

“去把海绵和挥发盐两样都拿过来。”他低声说。

找到两种东西后，罗切斯特先生领着我走到了一个房间里。一阵大笑从隔壁传了出来，那是格雷斯·普尔的笑声。“到这里来吧，简。”罗切斯特先生说。我绕到一张大床的另一头，那里放着一张安乐椅，梅森先生在椅子上坐着。他穿着衬衫，头向后靠着，双眼紧闭。罗切斯特先生举起蜡烛，照亮梅森先生的身体，我看到他的半边衣服和一整条胳膊上全是血。

名师指津 梅森为什么会受伤？此处设下了悬念，吸引着读者继续读下去。

罗切斯特先生让我拿着蜡烛，我看到梅森先生的胳膊与肩膀都裹着绷带。他把梅森先生的衬衫解开了，用海绵迅速地吸干了正在往下流的血。

“我是不是有生命危险？”梅森先生喃喃地问。

“没有——仅仅划破了点皮，别这样消沉，伙计！振作起来，我给你把外科医生叫来，天亮就能够送你走了。简——”

名师释疑 振（zhèn）作：①精神旺盛，情绪高涨；奋发。②使振作。

“什么？”

“你留在这儿陪着这位先生，大约一两个小时。要是血再流出来，你就按照我刚才做的那样用海绵将它吸干；要是他发晕，你就把架子上的那杯水端到他的嘴边，把挥发盐放在他鼻子前面。记住，不要和他说话。”接着他走了。

我俯身观察这个陌生人，他是怎样陷入这个恐怖的陷阱的呢？为什么大家都在睡着的时候，他要来到这间房子里？我知道罗切斯特先生在楼下为他指定了睡房，那么是谁让他到这里来的呢？受到了这么粗暴的对待，他为何不反抗？

名师指津 作者通过一连串发问的方式将读者也引入了对问题的猜测与探索之中，激发了读者的阅读兴趣。

我还看得出来，梅森先生对罗切斯特先生言听计从，罗切斯特先生完全控制了他，那么，为什么当罗切斯特先生听到梅森先生到来的消息时还会看起来很惊慌呢？

我清晰地回想起罗切斯特先生对我说“简，我受了一次打击”时那种惊慌失措的神情，记得他依靠在我肩膀上时身体是怎样的颤抖。我相信，能够使精神顽强、身体健壮的罗切斯特先生发抖的事情不可能是小事。

蜡烛燃尽了，熄灭了，窗边渐渐出现一道道灰蒙蒙的光，黎明终于来临了。

名师指津 此处写到黎明的到来，不仅指太阳要升起来驱走室内的阴暗，也指罗切斯特先生要回来了，简终于可以不用担惊受怕地看着这个身受重伤的人了。还指外科大夫要来了，这个病人有救了。

不久，我听到派洛特的叫声从院子里的狗窝传来。我看到了希望。我守护在这里的时间不到两个小时，可我却感觉它比几个星期还漫长。

罗切斯特先生走了进来，被他请过来的外科医生也走了进来。

“卡特，你注意点，”他对医生说，“你仅有半个小时的时间给伤者敷药和包扎伤口，还要把病人挪到楼下。”

“可他现在适宜走动吗，先生？”

“当然不成问题，伤势并不严重。他神经容易紧张，得让他的精神振作起来。来，我们干活吧。”罗切斯特先生拉开了厚厚的窗帘，让日光照射进来。我看到黎明已经来临，玫瑰色的光束正在东方的天际发着亮光，感到很惊喜。

罗切斯特先生走到正在接受治疗的梅森身旁，问：“我亲爱的朋友，你感觉怎么样？”

“我怕她要了我的命。”他用微弱的声音答道。

“怎么可能！勇敢些！两个星期之后你就会康复，你仅仅是流了一点儿血而已。卡特，你告诉他没什么危险，让他别担心。”

“以良心作保证，我能够这么说。”卡特说，此时他已经把绷带解开了，“不过，我如果能早点儿来就好了，他就不会流这么多血——这是怎么回事？他肩膀上的肉不是被刀割下来的，而是被牙齿咬下来的！”

“她咬我，”梅森先生喃喃地说，“罗切斯特先生把她手中的刀夺下来的时候，她像老虎一样撕咬我。”

“你不该退让，应该随即抓住她。”罗切斯特先生说。

“在那种情况下你还能如何？”梅森回答，“太可怕了！我没有想到，开始时她看起来非常安静。”

“我提醒过你，”罗切斯特先生说，“你接近她时要小心。而且，你完全能够等到天亮，让我跟你一块儿去。你一个人去见她，简直太糊涂了。”

“她吸我的血，她说要把我的血都吸完。”梅森说。

我看到罗切斯特先生在不停地颤抖，面部因嫌恶、憎恨、恐怖的表情扭曲了。可是他只是说:“好了，查理，不要说了。现在，提起精神！卡特已经为你把伤口包扎好了，我马上就能够把你打扮得整整齐齐。”然后，他转过头对我说：“简，拿着这把钥匙去楼下，去我的房间里，找出一件干净的衬衫和一条围巾，拿到这里来，速度要快。”

名师释疑

良心：本指人天生的善良的心地，后多指内心对是非、罪恶的正确认识，特别是跟自己的行为有关的。

名师指津

罗切斯特先生的劝告让事情变得更加神秘恐怖了，“她”是谁？为什么那么危险？这更增加故事的悬念。

我照做了。当他为梅森先生穿衣服的时候，我在床的另一边等着。

不久，他问我："简，你下去的时候，有没有人起床？"

"没有，一切都很安静。"

罗切斯特先生心里很清楚，发生的并不是光彩的事情，所以他一直不想让别人知道。

"我们会悄悄地把你送出去，这样对你，对那个可怜虫，都有好处。我一直避免被其他人知道。卡特，来帮他把背心穿上。你的披风在哪里？天十分冷。简，到楼下梅森先生的房间里，也就是我隔壁的那间，把他的披风拿过来。"

我拿来了披风。然后，罗切斯特先生又让我去取来一双鞋、一个小药瓶与一个玻璃杯。之后罗切斯特先生又把梅森先生的行程安排妥当，最后，把梅森先生送上了马车。

我以为他不需要我了，便打算回房间去。然而，我听到他在喊我，并说："简，我们到有新鲜空气的地方待上片刻，这个房子简直像个牢狱，你感觉到了吗？"

在罗切斯特先生的眼里，这个房子和监牢差不多，从这里可以看出，他不想在那里待着，在那里有被束缚的感觉。

"可是在我眼中它是座漂亮的宅子，先生。"

"那是因为你没经验，你看不出镀的金是黏土，丝绸帷幔是蜘蛛网，大理石是污秽的石板，上光的木器只是废木片和烂树皮。简，这朵花送给你。"他随手采了一朵初开的玫瑰，递到了我手里。

"谢谢你，先生。"

"我让你单独和梅森待在一起，你害怕吗？"

"我怕有人从里屋出来。格雷斯·普尔还会住在这里吗？"

"是的，但别为她伤脑筋，忘掉这件事吧。"

“可是依我看来，她在这里你就不安全。”

“不用担心，我会照顾好自己。”

“你昨天晚上所担心的危险发生了吗？现在是不是安然无事啦，先生？”

“梅森不离开英国,我就难以确定,甚至他离开了也不能。简，对于我而言活着就像站在火山口的地面上,它随时都有可能断裂，喷出火焰来。”

名师指津

作者将生活的压力比喻成火山口，让读者对罗切斯特先生的人生有了进一步的了解，让后面的情节更加合理。

“可是梅森先生似乎伤害不到你，因为他无法违抗你。”

“他是不会违抗我，也不会故意把我伤害，但要是他不小心说错了一句话，那么就算不剥夺我的生命也会剥夺我的幸福。”

“那么就让他小心些，先生，让他避免伤害你。”

他嘲弄地大笑起来，一下子把我的胳膊抓住，一会儿后又放开了。

我们走到一处凉亭，这儿有椅子，他让我坐下，然后他坐到我身旁。

“简，我给你讲一个故事。请你想象一下，你是一个从童年起就被宠坏了的男孩子。你在一个遥远的国度犯了大错误，它的后果将会伴随你的一生，影响你的生活。你找到一个新朋友，这个朋友身上具备许多优良的品质，你们的友谊使你好像获得了重生。于是，你渴望开始新的生活，以更好的方式度过余年，但首先你得跨过世俗的藩篱。这个流浪过、犯过错误，如今寻求安宁与忏悔的人为了让他的新朋友永远依附他，敢于向世俗的舆论发出挑战，你认为他这样做正当吗？”

“不，先生，人应当从比同类更高的地方获取新的力量。”

他变得粗暴起来，嘲讽道：“你留意到我对英格拉姆小姐的爱恋了吧？如果我娶了她，难道她不可以让我获得新生吗？”他忽然站起来，走到小径的另一头，走回来时情绪好像平稳了很多，对我说：“简，你看我让你熬夜，把你弄得脸色苍白，你憎恨我吗？”

“不恨，先生。”我说，“只要你需要我，我愿意再为你熬夜。”

“那我结婚的前夜呢？我相信我会睡不着。你会继续陪着我吗？我们能够说说我心爱的人，现在你已经和她认识了。”

“好吧，先生。”我说。

“你真是一个伟大的人，”他说，“我们回去吧！”

名师指津

罗切斯特先生这个故事里有着他自己的影子。他的情绪变化得很快，但简·爱并没有生气。她对自己因熬夜而变得苍白的脸色，没有一点怨言，可见简用情之深。

名师赏析

简·爱在罗切斯特先生回来的当晚睡觉时，听到了救命的喊声。罗切斯特先生没有把实情告诉被惊动了的客人们，他以一个用人做噩梦为幌子，蒙骗了他们。他带简·爱上了三楼，简·爱亲眼看见了一些事，然而她心中还有很多疑惑。有了安全隐患应该提前采取预防措施，而不是用蒙骗的手段将朋友置于一个看似安全的境地中，我们应该学会待人以诚。

学习借鉴

好词

尖锐　生死搏斗　四面八方　凶相毕露　言听计从

惊慌失措　憎恨　安然无事　藩篱

好句

★忽然，一声尖锐、刺耳而又狂野的叫声撕破了桑菲尔德府黑夜的寂静。

★楼上多了一个人的脚步声，然后什么东西跌倒了，随之是一片安静。

★这些说话声让我坚信，惊吓到所有客人的并不是一个做噩梦的用人，罗切斯特先生的解释是谎言。

★蜡烛燃尽了，熄灭了，窗边渐渐出现一道道灰蒙蒙的光，黎明终于来临了。

★我看到罗切斯特先生在不停地颤抖，面部因嫌恶、憎恨、恐怖的表情扭曲了。

★对于我而言活着就像站在火山口的地面上，它随时都有可能断裂，喷出火焰来。

★于是，你渴望开始新的生活，以更好的方式度过余年，但首先你得跨过世俗的藩篱。

思考与练习

1. 梅森先生为什么会受伤？

2. 罗切斯特先生为什么要蒙骗客人们？

3. 罗切斯特先生为什么说简·爱是一个伟大的人？

第八章

重回盖茨黑德府

名师导读

约翰去世了，这对简·爱的舅妈里德太太的打击很大。简·爱向罗切斯特先生请了一个星期的假，要去看望里德太太。那么，她对里德太太的恨意会再度萌发吗？简·爱见到了伊丽莎和乔治亚娜，当然也见到了里德太太。虽然隔了很长时间，但她们对她的态度并没有改变，里德太太会再度为难简·爱吗？后来，里德太太告诉了简·爱一件她隐瞒了足有三年的事情，到底是什么事呢？

一天晚上，我被梦中孩子的哭声惊醒了。第二天下午，我收到口信，说在费尔法克斯太太房间里有人等我。我来到那里，看到有一个绅士模样的男仆在等我。他身穿丧服，手里拿着的帽子上缠着黑纱。

名师释疑

丧（sānɡ）服：为哀悼死者而穿的服装。我国旧时习俗用本色的粗布或麻布做成。

“也许你不太记得我了，小姐，”他看到我进来，就站立起来说，“我姓利文，八九年前你住在盖茨黑德府的时候，我在那里给里德太太当马车夫，一直到现在。”

“啊，罗伯特！我当然记得你。贝茜还好吗？我记得你同贝茜结婚了。”

“是的，小姐。她非常健康，差不多两个月前，她又给我生了个孩子。”

“府里的人都还好吗？”

“小姐，真抱歉我不能给你捎来一些好消息。”

“但愿没有人去世。”我说。

“一周前，约翰先生在伦敦去世了。”

“他的妈妈如何能承受得了！”

简·爱的表哥约翰在挥霍完家产，损坏身体之后自杀。从这里可以看出多行不义必自毙，约翰做了那么多错事，终于受到惩罚。

“小姐，你知道这不是一般的不幸，他的生活非常放荡，最后的这三年极为荒唐，他的死也让人惊诧。他生前跟一些最坏的男女厮混，影响了健康，损失了钱财，还欠了债，被关进监狱。太太的产业已经被他挥霍得寥寥无几了。三周前他回到盖茨黑德府，要太太把财产都给他。被拒绝之后他回到伦敦，很快就传来他的死讯。听说，他是自杀的。”

我一声不吭，因为这个消息很可怕。他接着说：“太太很胖，但并不强壮。她损失了钱财，很害怕生活变穷困，身体就垮掉了。听到约翰先生忽然去世的消息，她中风了，整整三天没有说话。好一点之后，她嘟嘟囔囔地说着话，但贝茜不知道说的是什么。直到昨天早晨，贝茜终于弄清楚，她是在喊你的名字，她想见你。贝茜把这件事告诉了两位小姐，好不容易才获得了她们的同意，所以我就马上赶来找你了。小姐，如果你可以很快准备好，我希望明天一早就把你送回去。”

“好，罗伯特，我同你回去。”我说。我把他领到用人的餐室，让约翰夫妇照料他，然后去找罗切斯特先生。

他不在楼下，也不在院子中、花园里、马厩里，直到我向费尔法克斯太太打听，才得知他在跟英格拉姆小姐打台球。他正站在英格拉姆小姐身旁。我走近时，英格拉姆小姐转过头来，用一种高傲的目光瞅着我。听到我低声叫“罗切斯特先生”，她做了一个命令我走开的动作，但是我并未离开。“那个人是不是在找你？”她问罗切斯特先生。罗切斯特先生掉过头来看到我，随后做了个古怪的鬼脸，丢掉球棒，同我从房间走出来。

“有事情吗，简？”

“对不起，先生，我要请一两周的假去看望我的舅妈，我会尽快赶回来的。”

“简，请答应我只待一周。”

“我最好不许下承诺，也许我不得不食言。”

“旅行没有钱可不行，你带了多少钱？我还没付过你工资呢。”

我掏出钱袋，里面仅仅五先令。随后，他预支给我十英镑的薪水。

“罗切斯特先生，趁这个机会，我想跟你谈谈工作上的事情。你已经告诉过我，你正准备结婚，如果那样的话，阿黛勒就要去上学了。”

“这个建议有道理，正像你所说的，阿黛勒应该去上学，但是你呢？”

“我得另找份工作——通过刊登广告的方式。”

名师释疑

食言：不履行诺言；失信。

名师指津

简·爱要去看望自己的舅妈，罗切斯特先生准许了她，但是只让她待一星期，这说明他有点舍不得她离开。他还爽快地预支给了简·爱十英镑薪水，这反映出他很关心简·爱的日常生活。

“不要刊登广告，我会为你另寻一个职位。”

我答应了，对他说“再见”，然后转身走了。

五月一日下午大约五点的时候，我到达了盖茨黑德府。一看到我，贝茜就叫道：“哎呀！我知道你一定会过来的！”我吻了吻她，说：“是的，贝茜，但愿我来得还不晚，里德太太还活着吗？”

“不错，她还活着呢，而且神志也清醒了不少。医生说，她可能会拖上一两个星期，总之是好不了了。”

“她最近有没有提到我？”

“今天早晨还提起了你，希望你来。”说着，她帮我把旅行服脱掉，拿出最好的瓷器，切了黄油和面包，准备茶点。贝茜还是如此灵巧、漂亮，连性急的脾气也都一点儿没变。看着她忙碌的身影，往事不禁在脑海里翻滚。

很快，一个小时就过去了。贝茜陪着我从门房走了出来，走进宅子——就像差不多九年前，她领着我从这条路离开盖茨黑德府一样。当时，我的内心备受煎熬，我是怀着一种被遗弃的心情从这里离开的，不过现在这份痛楚已经消失了，心中的仇恨也荡然无存了。

“先去早餐室吧，”贝茜说，“两位小姐都在那里。”

我很快就到了那个房间。房间里的每件家具都一如往常。无生命的东西像以前一样存在着，有生命的东西却已经变得面目全非。

名师指津

从这里可以看出，罗切斯特并不是真的想让简离开。

名师指津

简·爱睹物思情，不禁想起了自己以前的遭遇。她虽然在那里遭受了不公，却并没有让仇恨的火焰一直持续燃烧，这反映出她有着宽广的胸怀。

名师释疑

面目全非：事物的样子改变得很厉害（多含贬义）。

两位年轻的小姐出现在我面前：一个又瘦又高，面色灰黄，神情严肃，衣着拘谨、古板，像一个苦行僧，应该是伊丽莎，因为她改变得很少；另一位洁白、丰满，五官端正，两眼迷人，衣服时髦，同小时候纤瘦的乔治亚娜完全不同，但除了她还会是谁呢？

我走上前去，她们都称呼我为“爱小姐”。伊丽莎打招呼的声音很短促，脸上不带微笑；乔治亚娜除了说“你好”，还问了我几句有关于旅行、天气之类的寒暄话。她说话慢条斯理。然而，不管是冷漠还是嘲讽，对于此时的我来说都显得微不足道。

“里德太太好吗？”我问。

“里德太太？啊！你是说妈妈。她身体不适，今晚你可能见不了她。”

“如果，”我说，“你能上楼把我到来的消息告诉她，我将十分感谢你。”

“妈妈不喜欢别人夜里打扰她。”伊丽莎说。我马上站起身，脱掉自己的手套和帽子，对她们说我要去找贝茜，请她去问清楚里德太太今晚是否想见我。

“太太醒着，”贝茜告诉我说，“我告诉她你来了。来，让我们看看她是不是还认识你。”

我走进那间熟悉的房间——从前，我常常被叫到这儿挨骂和受罚。

我清楚地记得里德太太的长相，匆忙地搜索那熟悉的身影。那张面孔像以前一样冰冷无情，专横暴虐的眉毛和难以动情的眼

名师指津

此处运用的是肖像描写，作者用简洁、生动的语言，将伊丽莎和乔治亚娜的面貌生动地展现在读者面前，简也由此陷入了对童年的回忆之中。

名师释疑

慢条斯理：形容动作缓慢，不慌不忙。

冷漠：（对人或事物）冷淡，不关心。

名师指津

简来看里德太太，可伊丽莎却表现得非常冷漠，甚至不愿意去告诉里德太太简已经来了，作者借语言和行为很好地刻画了人物性格。

睛仍旧像以前一样。我躬下腰吻了吻她，握住她的手，她注视着我，问："是简·爱吗？"

"是我，里德舅妈，你好吗，亲爱的？"

我曾经发誓再也不叫她舅妈，但我认为我此刻违反这个誓言并不是罪过。她又一次这么冷酷地对待我，我随即察觉到她对我的感情并没有改变。从她那不屑一顾的眼神中我看出她决定到死都认为我是令人讨厌的。

我感到痛苦，然后感到愤怒，最后，我下定决心要征服她——不论她的性格和意志怎样。

"你叫我来，"我说，"我来了。现在我要住下来。"

"嗯，那是理所当然！你看见我的女儿了？"

"是的。"

"那好，你住下，直到我能把心中的几件事跟你说一说。今天有点晚了，而且我也想不起来了。不过我的确有事跟你说，让我想一想——"

她的目光游移着，语调变了些，这些都说明她的身体状况不好。她不安地翻着身，将自己裹在被子里，我的胳膊肘恰巧压在一个被角上，她立即恼火起来。"坐直，"她说，"不要压着我的被子来打搅我——你是简·爱吗？"

"我是简·爱。"

"这个孩子真是个麻烦，她总是让人捉摸不透，总是突然间就发脾气。她在罗沃德如何？那儿发生了伤寒，死了许多学生，

名师指津

简·爱在舅妈家里所遭受的不公是刻骨铭心的，所以她能清楚地回想起里德太太的模样。她从舅妈的表情中看出，她对自己的态度依然像以前一样。这体现出里德太太固执、缺乏人情味的一面。

名师释疑

游移：①来回移动。②(态度、办法、方针等)摇摆不定。

可是她没有死——我倒希望她死了！”

“这真奇怪，里德太太，你为什么如此恨她？”

“我一直厌恶她的母亲，我丈夫的那个妹妹，但是他却非常爱她。她嫁给了没身份的人，后来死了，我丈夫就哭得像个傻瓜，还领养了她的孩子——多讨厌啊，一个病怏怏又爱哭闹的孩子，可他却比爱自己的孩子还要爱她！幸好我的约翰跟他不像——可他为何总是用钱来折磨我呢？我已经没什么钱给他了，都被他赌光了！”她喃喃地说着，我打算走开，可是她叫住我，接着说，“他总是用死来威胁我，我有时会梦到他正在入殓，喉咙上有一个大窟窿，还鼻青脸肿的。哎，我该到哪里去弄钱呢？”这时贝茜走来劝说她把镇静剂服下了。我离开了她。

名师指津

这几句话道出了里德夫人不喜欢简的真正原因。

名师释疑

入殓(liàn)：把死者放进棺材里。

我常常在窗子旁边坐下来，画一些脑海中幻想出来的小画。“这是你认识的人的肖像吗？”伊丽莎问，不知道什么时候她已经走到了我身边。我说那仅仅是一个我想象出来的头像。当然，我欺骗了她，我画出来的正是罗切斯特先生的肖像。乔治亚娜来看我的画，其他的画她都觉得不错，只有这一张，她称之为“一个丑陋的男人”。她们对我的绘画技巧感到吃惊，都提出来要我给她们画像。

名师指津

在乔治亚娜的眼中，简·爱画的其他的画都挺好，唯有罗切斯特先生的肖像很丑陋。这从侧面反映出罗切斯特先生长得确实不好看。她们对简·爱的绘画技巧感到吃惊，这说明简·爱画得相当不错。

伊丽莎依然话很少，她非常忙，我从来没见过比她更忙碌的人，却又说不清她具体在忙些什么。一天晚上，她告诉我，约翰的所作所为和家庭面临破产的危机是她所有痛苦的源泉，但她已经下定决心要把自己的财产保护好，她母亲去世后她就会实行一

名师释疑

酝(yùn)酿：造酒的发酵过程，比喻做准备工作，如事先考虑、商量、相互协调等。

偏见：偏于一方面的见解；成见。

名师指津

里德夫人在临终的时候，终于幡然醒悟，知道自己对不起简，对不起死去的丈夫，同时告诉简她的叔叔在找她。为后文简获得遗产做了铺垫。

名师指津

捐赠财物可以让更多需要它的人得到切实的帮助，也让自己余裕的资产得到更有意义的利用，这是一种仁厚的大爱情怀。

个酝酿了很长时间的计划：寻找一个宁静的去处，让自己永远不被打扰。

一个风雨交加的下午，我来到舅妈的屋子里看望她。她问："谁呀？"

"是我，里德舅妈。"我说。

她迷迷糊糊，等神志清醒了一些后，她对我说："唉，我做了两件对不起你的事，我深感后悔。一件是我违背了对丈夫许下的承诺，没把你当亲生孩子一样养大；另一件是——"她停顿了一下，接着说："在我的梳妆盒里有一封信，你把它取出来。"我取来信，看到那是一个叫约翰·爱的人写下的短信。他是我的叔叔，有一笔财产，他希望能够收养我，日期是三年之前。

里德太太对我说，她憎恨我，不能容忍我被别人接走过上优越的生活，所以就回信说我已经死了。我对她说，我已经原谅了她。可是，这并没有改变她对我的偏见，她仍旧恨我，并带着这份恨离开了人间。

罗切斯特先生只同意给我七天的假期，可是我现在已经离开整整一个月了。我本想参加完葬礼就离开，可是伊丽莎和乔治亚娜又让我帮她们一些忙。不久后，乔治亚娜的舅舅吉布森先生特意邀请她去了伦敦，后来她在那儿嫁给了一个上流社会的富有的老头。伊丽莎去了法国里尔的一个修道院研究教条教义，后来在那里当了修女，并且成为修道院院长，还把自己的全部财产捐赠给了修道院。

名师赏析

简·爱来到了舅妈里德太太的家中，情不自禁地想起了自己在那里遭受的困厄。然而，她的心中充满了善念，将以前的仇恨通通抛到了九霄云外。然而，那里的人对她的态度并没有改变多少，特别是她的舅妈里德太太，她还是那样冷酷无情。做人应该宽宏大量，不可对旧时的恩怨念念不忘，应该向简·爱学习，做一个心胸宽广的人。

学习借鉴

好词

寥寥无几　暧昧　面目全非　短促　慢条斯理　微不足道
不屑一顾　游移　捉摸不透　鼻青脸肿

好句

* 罗切斯特先生掉过头来看到我，随后做了个古怪的鬼脸，丢掉球棒，同我从房间走出来。

* 然而，不管是冷漠还是嘲讽，对于此时的我来说都显得微不足道。

*她又一次这么冷酷地对待我，我随即察觉到她对我的感情并没有改变。

*我常常在窗子旁边坐下来，画一些脑海中幻想出来的小画。

*乔治亚娜来看我的画，其他的画她都觉得不错，只有这一张，她称之为“一个丑陋的男人”。

思考与练习

1. 简·爱为什么要去看望里德太太？

2. 里德太太为什么要向简·爱的叔叔隐瞒简·爱的下落？

3. 里德太太生病的根本原因是什么？

第九章

爱的表白

名师导读

简·爱回来的时候，桑菲尔德府的聚会已经结束了。她得知罗切斯特先生有可能会跟英格拉姆小姐结婚。她为自己在罗切斯特先生心中没有位置感到难过。简·爱在果树林里遇见了罗切斯特先生，他告诉简·爱有一份新工作要介绍给她，简·爱在无意间说出了对先生的爱，出乎意料地，先生向她求婚。这究竟是怎么一回事？罗切斯特先生为什么会做出反复无常的决定呢？

我就要返回桑菲尔德了，我从费尔法克斯太太的来信中获悉：桑菲尔德府的聚会已经结束了，罗切斯特先生在三周前去了伦敦，预计两周后回来。费尔法克斯太太推断，他这次的行动是为了筹备婚礼，因为他说过要买一辆新马车。

名师释疑

预（yù）计：预先计算、计划或推测。

我没有告诉费尔法克斯太太回家的日期，我想单独静静地走一段时间。在六月里的这个傍晚，差不多六点的时候，我把箱子托付给旅店的管马人，然后从乔治旅馆溜了出来，一个人踏上通往桑菲尔德的路。

这个傍晚天气非常好，也非常温暖，但光线不明亮。我离桑

名师释疑

狭（xiá）窄：宽度小。

黯（àn）然神伤：形容因失意、沮丧而伤感。

菲尔德越来越近。在桑菲尔德的牧场上，我看到了狭窄的石头阶梯，看见罗切斯特先生正坐在那里，手中拿着一支铅笔、一本书，正在写着什么。

“喂，”他叫道，“你来啦！快过来。”

我几乎不清楚自己都做了什么动作，只想着让自己看上去很镇定，尤其想要控制好自己脸部的肌肉。而它们却在肆无忌惮地违抗我的意志，竭力要将我想要掩盖的东西表现出来。幸好我戴着面纱，它能够让我做出镇定自若的样子。“这是简·爱吗？你是不是步行从米尔科特来的？上个月你都做了些什么？离开家整整一个月，将我忘得一干二净，我敢担保！”

名师指津

简认为和罗切斯特先生重逢是很愉快的事，虽然他有可能会跟英格拉姆小姐结婚，从而跟自己产生距离。而罗切斯特先生说出的话充满情意，这对于简来说是一种心理上的安慰。

我知道和主人重逢是一件快乐的事情，虽然心里还在担忧不久后他就不再是我的主人了，并且为自己在他心中没有位置黯然神伤。他说的最后几句话对于我来说是一种心理上的安慰，他好像在表明，我有没有忘记他对于他来说很重要。而且，他把桑菲尔德说成是我的家——但愿它的确是我的家！

他没有离开石阶，我也不想让他让路。为了打破沉默，我先开了口。我问他有没有去过伦敦。

名师指津

作者用诙谐幽默的语言让故事变得更加生动、活泼，同时，也借此打破了当时尴尬的气氛。

“去了，你是用千里眼看到的吧？”

“费尔法克斯太太在信中说的。”

“她告诉你我去做什么了吗？”

“告诉了，先生，人人都清楚你去干什么了。”

“你应该去看看马车，简。告诉我她适不适合当罗切斯特太太，她坐在那紫色软垫上时会不会像波狄西亚女王。简，我真希望在外貌上我能跟她更相配一些。你这个小精灵能否施展一下魔法，让我变得更加英俊一些？”

“这可不是魔法能够办得到的，先生。”我说。

他说：“简，回家去休息吧！”

我默默地跨过石阶，蓦然间我的内心涌现出一种力量，不由自主地说：“罗切斯特先生，多谢你的关心，回到这里，我打心底感到高兴。”

说完之后我飞快地走进宅子。小阿黛勒看到我回来了，高兴得都快发疯了；费尔法克斯太太照例以一种质朴的友情欢迎我；莉亚微笑着，连索菲也喜悦地对我说了声“晚上好”。这一切真令人愉快——有人爱你，你也感到你的存在可以使他们感到快乐，这就是最大的幸福。

在接下来的两周里，日子过得非常平静。罗切斯特先生的婚事并没有被人提起，也没有人为此做什么准备。还有一件事让我感到奇怪：英格拉姆庄园距离桑菲尔德府仅仅二十英里远，这点儿距离对于处于热恋中的两个人来说不算什么。对于罗切斯特先生这样一个不知疲倦、技艺高超的骑手而言，那只不过是一个上午的时间罢了。在我的内心深处则抱着一个虚幻的愿望：婚事告吹了，谣言不应该相信，一方或双方都变了心。

这一段时间里，英格兰正处于仲夏季节，阳光明媚，天空纯净。在我们这个被波涛围绕的地方难得会有这样的好天气，而现

名师释疑

蓦（mò）然：猛然；不经心地。

不由自主：由不得自己；控制不了自己。

明媚：①（景物）鲜明可爱。②(眼睛）明亮动人。

名师指津

简已经发觉罗切斯特先生和英格拉姆小姐之间有问题，但是她没有想到罗切斯特先生会欺骗她。从这里可以看出简深深地爱着罗切斯特先生。

在，这种好天气却接连出现了很多天。

一天晚上，我在果树林见到了罗切斯特先生，他正在那里抽着雪茄。看到我后，他感叹地说："在这么可爱的夜晚坐在屋子里未免有点可惜。简，我们一起散散步吧！"在这种情况下，我不愿意单独跟罗切斯特先生在幽暗的果园里散步，可我又找不出一个借口抽身。我慢吞吞地跟在他后面，脑海中拼命思索着有什么脱身的借口。

我们走在一条长满月桂的小路上，慢慢地向七叶树的方向走了过去。"简，"他说，"桑菲尔德是一个可爱的地方，可惜，你在此处的生活将要结束了！"

委婉的措辞可以避免让人萌生出逆反的心理，能够将对别人的伤害减到最轻。

"我得离开桑菲尔德吗？"

"我想你得离开，简。很抱歉，但我认为你得离开。"

这个回答对于我来说是一个打击，但我并没有被它击垮。

"一个月后，我就要当新郎了，"他接着说，"在这期间，我会亲自为你留意合适的工作和去处。"

"谢谢你，先生！"

"不用客气！我认为一个像你这样有责任心的下属有权利要求雇主给予一些力所能及的帮助。其实，我已经从我未来的岳母那里得到了消息，在爱尔兰考诺特的苦果山庄，有一个非常适合你的职位。狄奥尼休斯·奥高尔太太和她的五个女儿居住在那儿。你会喜欢爱尔兰吧？那儿的人很热心。"

名师指津

罗切斯特先生告诉简·爱，他打算给简·爱另找一份工作，实际是告诉她要她离开桑菲尔德府，以免影响他们的生活。

"可是那里太远了。"我说。

“没关系，那点儿路程对于你这么聪明的姑娘来讲不算什么。”

“就是距离有点远，而且还隔着英格兰、桑菲尔德，还有——你，先生。”

我情不自禁地说出了这句话，泪水夺眶而出。我没有哭出声音来，不让自己抽泣。想到奥高尔太太与苦果山庄，我的心都凉了；想到海水和波涛注定要将我和眼前的这个人隔开，我的心更凉了，我差不多绝望了。

“的确很远。等到你去了爱尔兰考诺特的苦果山庄之后，我们能见面的概率就很低了。我们是好朋友，对不对，简？”

“是的，先生。”

“朋友在快要离别的时刻，往往喜欢欢度余下的时光。来吧，趁星星还在空中闪烁光芒，我们用上半个小时好好聊聊旅行和离别吧。”

我感到很激动，没有说话。

他接着说：“你呢，会不会把我忘了呢？”

“我永远也不会，先生，你知道的。”我一面说一面哭。我再也压制不住自己内心的感情。

“不，”过了很久，他突然喃喃说道，“你留下。”

“你什么意思？！”我发怒了，反驳说，“你以为我身份卑微、个子矮小、相貌一般，我就没有灵魂了吗？我就像一个没有情感的机器吗？”

他一把搂住了我，嘴唇紧贴着我的嘴唇。“我请你一辈子留

名师释疑

绝望：希望断绝；毫无希望。

概率：某种事件在同一条件下可能发生也可能不发生，表示发生的可能性大小的量叫作概率。

名师指津

简·爱的内心很激动，她无法控制内心的情感，情不自禁地哭了起来。她把心里话告诉了罗切斯特先生。他听到她说的话后，改变了主意，决定让简·爱留下来。

在我身旁——做我的另一半——”他补充道。

“那英格拉姆小姐呢？”我大声说，“这样行不通，你让我走！”

“简，请你安静些，你过于激动了。我准备娶的人是你，”他说，“简，让我向你解释一下吧！”

“我不相信。”

从这段话中可以看出，英格拉姆小姐以及她的母亲都是贪财的人。英格拉姆小姐之所以想跟罗切斯特先生结婚，是因为他财产丰厚。而简·爱却是真心实意地爱他，因此罗切斯特先生想要让简嫁给他。

“我在你的眼中是一个说谎者吗？”他激动不安地说，“爱怀疑的家伙，你会相信我的。不久之前，我放出一个谣言，说我的财产连大家猜想的三分之一都不到，结果她和她的母亲对我都非常冷淡。而你，这个稀奇古怪的家伙，我像爱我自己的生命一样深深地爱着你！虽然你身无分文、身份低微、相貌平平、个子矮小，我还是请求你接受我成为你的丈夫。”

“什么？”我大声叫道。但看着他十分真诚，又略带鲁莽的样子，我不禁相信起他来。

“简，我想让你完完全全属于我，你愿意吗？快点儿说你愿意。说爱德华——叫我的名字‘爱德华’——我愿意嫁给你。”

名师指津

直至此时，简和罗切斯特才坦诚相待，互诉衷肠。

“你是真心实意的吗？你真的爱我？你是真心实意地希望我成为你的妻子吗？”

“要是一定得发誓才能令你满意，那么我就对天发誓。”

“好吧，先生，我愿意嫁给你。”

“到我这里来——整个人、整颗心都来吧。”他说。他把脸颊紧贴在我的脸颊上。

我们走进大厅的时候，他为我把披肩脱了下来，用手抹掉我头上的水珠。就在这个时候，费尔法克斯太太走出了她的房间。开始的时候，我并没有看到她，罗切斯特先生也没看到。大厅里的灯还亮着，时钟敲了十二下。

名师指津

这句话说明时间已经很晚了，暗示出了简和罗切斯特先生对结婚这件事情的重视，和他们之间深厚的情感，以至于忽略了时间的流逝。

“快把湿衣服脱下，”他说，“临走之前，说一声晚安——晚安，我亲爱的！”

他吻了我，吻了又吻。我离开他的怀抱，抬起头向上一看，正好看到费尔法克斯太太站在那里，她脸色苍白，表情吃惊而又严肃。我对她笑了笑，跑到了楼上。“以后再做解释吧。”我想。但回到房间后，我又想，她可能会对她所见到的事情产生误解，这令我的心感到一阵不安。

名师赏析

罗切斯特先生告诉简·爱，他打算和英格拉姆小姐结婚。这对于简·爱来说是一件很痛苦的事。她对罗切斯特先生产生了真挚的感情，但是现在她被迫要离开他。然而，罗切斯特先生体会到了简·爱对他的深厚感情，决定跟简·爱在一起。其实，我们只要真诚地去对待一个人，认真地去经营一份感情，总有一天，对方一定会被你的诚意所感动。

学习借鉴

好词

筹备　肆无忌惮　一干二净　明媚　闪烁　卑微　身无分文

鲁莽　真心实意

好句

* 在六月里的这个傍晚，差不多六点的时候，我把箱子托付给旅店的管马人，然后从乔治旅馆溜了出来，一个人踏上通往桑菲尔德的路。

* 我几乎不清楚自己都做了什么动作，只想着让自己看上去很镇定，尤其想要控制好自己脸部的肌肉。

* 这一切真令人愉快——有人爱你，你也感到你的存在可以使他们感到快乐，这就是最大的幸福。

* 但看着他十分真诚，又略带鲁莽的样子，我不禁相信起他来。

* 我离开他的怀抱，抬起头向上一看，正好看到费尔法克斯太太站在那里，她脸色苍白，表情吃惊而又严肃。

思考与练习

1. 罗切斯特先生为什么要让简·爱离开自己？

2. 后来，英格拉姆小姐为什么不愿意和罗切斯特先生结婚？

3. 费尔法克斯太太为什么会露出吃惊的表情？

第十章 婚礼

名师导读

罗切斯特先生向简·爱告白，并且求婚。简·爱答应了，并觉得幸福来得太突然，就像是一场梦。她让罗切斯特先生向费尔法克斯太太把他们之间的关系解释了一下，费尔法克斯太太对于这件事感到吃惊。他们在教堂举行结婚仪式的时候，有两个人前来阻止。这两个人是谁？他们为什么要阻止这对相爱的人步入婚姻的殿堂呢？

第二天早晨我起床的时候，只觉得发生在昨天的事就像一场梦似的。早饭后，我飞奔上楼，得到的是他热切的拥抱和亲吻。

“今天早晨，我给我在伦敦的银行写了一封信，让他们把替我保管的桑菲尔德女主人的传家珠宝送过来。”

“天啊！先生，不要去管什么珠宝了，我对这些东西没兴趣。”

“在我眼中，你是个美人，正合乎我的心意。我还要让所有人都承认你是一个美人。”他说话的语调让我感到不安，因为我感觉到他不是在蒙骗自己，就是在蒙骗我。

名师释疑

语调：说话的腔调，就是一句话里语音高低轻重快慢的配置，表示一定的语气和情感。

“先生，到时你就不知道我是谁啦，我看上去将不再是你的简·爱，而仅仅是一只穿着小丑服装的猴子！先生，我虽然爱你，但我不会说你很英俊，因此你也不要吹捧我。”

可是，对于我的反对，他好像没有听到，依然谈论这个话题。他说今天就要把我带到米尔科特，为我挑选几件衣服。四个星期后，婚礼将在那里的教堂举行，一点儿也不张扬。然后我们会进城，稍作停留后就一起去旅行，把他曾经一个人走过的地方再走上一遍——这一次是真正的幸福之旅。

我问：“既然你已经决定不跟英格拉姆小姐结婚，为何还要费尽心机让我以为你会娶她呢？”

“对于这个问题，我可以坦白告诉你，”他低下头，朝我笑了笑，同时抚摸我的头发，说，“我之所以装模作样地向英格拉姆小姐求婚，是希望你会狂热地爱上我，就像我狂热地爱上你一样。”

对于这个回答，我感到安心，于是转过头吻了他放在我肩头的手。

“还有什么别的要求？”他说，“能够被你请求，我深感愉快。”

“告诉费尔法克斯太太关于你的计划。”

“回你的房间去，把帽子戴好，”他回答，“今天早上陪我去米尔科特。在你上马车之前，我会对这位太太讲清楚。”

“我想她可能认为我忘记了自己的地位和你的地位，先生。”

名师释疑

张扬：把隐秘的或不必让众人知道的事情声张出去；宣扬。

装模作样：故意做作，装出某种样子给人看。

名师指津

不愿意永远在别人异样的眼光中生活下去，这是一种对人格和自尊的追求，也是一个人获得幸福的重要条件。

"地位！地位！从现在开始，你的地位就在我的内心深处。"

我回到房间，穿戴好，听见罗切斯特先生从费尔法克斯太太的房间里走出来，就立刻走下楼。我看到费尔法克斯太太正愣在那儿，看到我，她好像清醒了过来。

"我感到很吃惊，"她说，"我都不知道应该说点什么，爱小姐。我以为我是在做梦呢，他对我说，再过一个月你就会成为他的妻子了。"

名师指津
这句话既从侧面反映出了费尔法克斯太太的吃惊，也为简·爱和罗切斯特先生"夭折"的婚礼做了铺垫。

"他的确是这么对我说的。"我答道。

"他说啦？你相信他吗？你答应了？"

"是的。"

她困惑不解地看着我，说："我真的没有料到，他真的决定要娶你吗？"

"他是这样跟我说的。"

她将我从头到脚打量了一番。从她的眼神里我看出，她并没有在我身上找到什么可爱的地方足以解答她心中的迷惑。

"真难以理解！"她接着说，"不过既然你如此说了，毫无疑问是真的了。最终的结局怎样，我也很难说。我真的不知道。在这样的事情上，地位和财产平等通常是明智的。再说，你们的年龄相差足足二十岁，他差不多能够当你的父亲了。"

名师指津
费尔法克斯太太对于他们的关系充满了不解。这是由于两个人在社会上的地位和所拥有的物质财富不对等，以及他们的实际年龄相差巨大。

"不，"我被惹怒了，大叫道，"他跟我的父亲一点儿也不像！"

"他真是因为爱情而跟你结婚吗？"她问。

她的怀疑和冷淡伤了我的心，我的泪水流出来了。

“对不起，我让你难过了，”她接着说，“可是你毕竟太年轻，对男人了解得不多，我希望你警惕一点儿。”

这下我真的要发火了，幸好这时阿黛勒跑了过来，恳求我带她去米尔科特，这才引开了我的注意力。我匆匆忙忙地带着阿黛勒逃离了费尔法克斯太太。

罗切斯特先生同意带阿黛勒一起去米尔科特，于是我们乘着马车出发了。

在米尔科特停留的那些日子颇有些折磨人。罗切斯特先生执意给我买了衣服和珠宝，这使我心里很难受。我想起自己忘记给叔叔约翰·爱写信，他曾打算让我继承遗产。我想：“一回到家我就要写信给我的叔叔，告诉他我要结婚了以及和谁结婚。如果将来有一天我可以让罗切斯特先生的财产增多一些，那么现在我由他供养也会感到好受一些。”回到家我马上执行了这一计划，这给了我一些安慰，我又敢跟我的主人兼恋人对视了。

一个月很快就过去了，距离结婚的日子已屈指可数。我感到脸上发烫，不只因为忙着筹备婚礼，还因为从明天开始我的生活就会产生巨大的变化。另外，还有一个秘密埋藏在我内心深处，它令我感到不安。罗切斯特先生去了三十英里外的农场，他要在离开英国之前把一些事情安排妥当。我正等着他回来，我要把心中的秘密告诉他。

我心神不定，在屋里待不下去了，就跑到大门口去迎接他。

名师释疑

冷淡：不热情；不亲热；不关心。

筹（chóu）备：为进行工作、举办事业或成立机构等事先筹划准备。

名师指津

作者点出简·爱心中的秘密，引发了读者一探究竟的好奇心，也为后文做铺垫，避免了情节的突兀性。

这时，天已经黑透。我想，与其提心吊胆，不如到前面去迎接他。我就脚步如飞地出发了。走不到四分之一英里，我就听到一阵马蹄的“嘚嘚”声。一个骑马的身影奔驰而来，一条狗跟随在他身后。他朝我挥了挥帽子，我跑过去迎接他。

“嘿！”他弯下腰，朝我伸出手，说，“来，踩住我的靴子尖，上来！”我按照他的话做了，喜悦让我变得十分灵巧，一下子就坐到了他的跟前。“发生什么事了，亲爱的简？这么晚了你还要出来迎接我。”

“没有。我只是以为你永远不会再回来了。雨下得这样大，我一个人在房间里坐立不安。”

名师指津

作者用环境衬托人物的心理变化，融情于景，对情节的发展起到了渲染作用。

“是呀，雨的确很大，看你身上还滴着水珠呢！来，在我的披风里躲避一下。不过，简，你似乎在发烧，到底出什么事了？”

“现在没什么，我既不担忧也不害怕。”

“这么说，你曾经担忧和害怕来着？”

“有点儿。”我说。

回到温暖的家里，我向他诉说我的烦恼：“昨晚，我梦到桑菲尔德府变成了废墟，你抛弃了我，留下我孤零零的一个人。我从梦中惊醒，竟发现我的屋子里燃着蜡烛！我衣橱的门开着，一个人影在那里。”

名师释疑

孤零零：形容孤单，无依无靠或没有陪衬。

“你醒过来的时候，谁与你在一起？”他问。

“没有人，就我自己，天已经亮了。我起床把脸洗了一下，喝了水，感觉身体不舒服，但并没有得病。我以为这仅仅是个噩梦，可是我看到我的面纱被扔到地上，已经被撕成了两截。”显然，罗切斯特先生被我的描述吓坏了，他把我搂得紧紧的，说：“多可怕啊！幸好她仅仅是弄坏了面纱。我想这一定是格雷斯·普尔干的，她是一个怪人。以后我会跟你说清楚的，请原谅我好吗，简？”我考虑了一下，觉得这也只能是唯一的解释，虽然我并没有感到满意，但为了让他感到宽慰一些，就满脸笑容地答应了他。

婚礼这天早上，索菲花了很长时间才把我梳妆打扮好，罗切斯特先生已经等得有些着急了。因为打算婚礼后立刻去旅行，所以没有用马车。他拉住我的手，急匆匆地朝教堂走去。在教堂的门口，他停了下来，此时我已经累得不停地喘气，他让我休息片刻。

等我力气恢复了，罗切斯特先生便带我走进教堂。此时，牧师正站在圣坛那里等候，书记站在他身边，有两个陌生人远远地站立在一个角落里。

我们在圣坛栏杆前站好，仪式便开始了。牧师首先解释了婚姻的目的，接着，他朝罗切斯特先生伸出手，可是那句“你愿意娶这个女人为结发妻子吗”还没有问出口，一个声音忽然从我们身后传来：“婚礼不能继续举行，我宣布存有障碍！”

牧师抬起头看那个说话的人，沉默了，书记也一样。罗切斯特先生微微颤动了一下，但马上站稳双脚，头也不回地说：“请继续进行。”

教堂里一片宁静。片刻之后，牧师说：“对于刚才的话，不调查一番，证明它的真假，我没办法继续进行。”

名师指津

如果罗切斯特先生现在就向简·爱解释清楚了，后面的事或许就不会发生，作者在此设下悬念，为后面罗切斯特先生和简·爱结婚时发生的意外埋下伏笔。

名师释疑

宽慰：①宽解安慰。②宽畅欣慰。

牧师：新教的神职人员，负责教徒宗教生活和管理教堂事务。

“婚礼终止吧，”后面那个声音补充道，“我能够证明，这桩婚事存在不可逾越的障碍。”

罗切斯特先生听着这话，却执拗地不加以理会；他僵硬地、顽固地站着，一动不动，死死地攥着我的手。

牧师不知所措了，问：“是什么障碍？也许能够克服它。”

“不可能，”那人说，“我说它不可逾越，是经过一番深思熟虑之后才说的。”

说话的人走了过来，说：“障碍是罗切斯特先生结过婚，他现在还有一个活着的妻子。”

“你是谁？”罗切斯特先生问这个闯入者。

“我是布里格斯，伦敦某某街的律师。”

“你要强塞个妻子给我？”

“我要警告你，你有一个妻子，你不认可，但法律认可。”

“请你把她的情况说一下，她叫什么名字，她的父母是谁，她住在哪儿。”

“没问题。”布里格斯先生从容地从口袋里取出一张纸，用官腔十足、鼻音很重的声音读道：“我断言并证实，十五年前的十月二十日，英国某某郡桑菲尔德府及某某郡芬丁庄园的爱德华·费尔法克斯·罗切斯特跟我的姐姐，即商人乔纳斯·梅森及妻子克里奥耳人安托万内特的女儿伯莎·安托万内特·梅森，在牙买加的西班牙城某某教堂结婚。结婚记录能够从该教堂的登记簿中找到——我现在抄有一份。查理·梅森签字。”

名师释疑

障碍：①挡住道路，使不能顺利通过；阻碍。②阻挡前进的东西。

名师指津

做事情要有理有据才能说服人，空口无凭只会自取其辱，这是一种小心谨慎、胸有成竹的处事作风。

“就算这份文件是真的，它仅仅能证明我结过婚，却不能证明我的妻子依然还活着。”

“三个月之前她还活着。”律师答道。

“你怎么知道？”

“有人能够证明。有他作证你没办法反驳。”

“叫他出来——否则你就见鬼去吧！”

“我这就让他来，他就在这里。梅森先生，请你过来。”

一听到这个名字，罗切斯特先生就咬紧了牙齿，浑身颤抖起来。第二个陌生人走了过来，正是梅森本人。罗切斯特先生问：“你有什么要说的？”

一些模模糊糊的话从梅森先生苍白的嘴唇间吐出。

“见鬼，你连话都不能说清楚。我再问你一次，你有什么要说的？”

“先生，”牧师插嘴说，“记住你们正站在神圣的地方。”然后他向梅森轻声问：“先生，你确定他的妻子还活着？”

布里格斯律师催促说：“说吧，勇敢一点儿！”

“她现在就在桑菲尔德府，”梅森用略微清晰一点儿的声音说，“我是她的弟弟，今年四月还在那里见过她。”

“在桑菲尔德府，”牧师大叫，“不可能！我是这里的老居民，我可从来没听说过桑菲尔德府有一个罗切斯特太太。”

罗切斯特先生咕哝道：“对，我一直留神不让别人知道此事。”

他思索了十多分钟，然后宣布说：“行了——一切都像子弹

名师释疑

反驳（bó）：说出自己的理由，来否定别人跟自己不同的理论或意见。

名师指津

牧师用含蓄、委婉的话语暗示了罗切斯特先生等人说话不可以撒谎，这是一种语言艺术的体现。

出膛一样蹿了出来——沃德，把你的书本合上，把你的法衣脱掉吧，约翰·格林（面向书记）离开教堂吧。今天婚礼终止了。”这人照做了。

罗切斯特先生接着不顾一切地说：“重婚是一个丑恶的字眼！然而，我决计成为一个重婚者，可是命运把我打败了，或者是上天阻挠了我。现在，我比魔鬼好不了多少。毫无疑问，我应当受到上帝最严厉的惩罚！我的妻子还活着！牧师先生，或许你听说过，我的府上有一个疯子吧？没错，她就是我十五年之前娶的妻子——这位勇敢的当事人的姐姐。她出身于一个疯子家庭，她们家三代人都是疯子，可是在我们结婚前她的家人却绝口不提这件事。好了，我也没必要再解释什么了。请大家到我府里去探望一下这个病人，看看我被欺骗而娶了一个什么样的妻子吧！”

名师指津

罗切斯特先生承认了自己是一个重婚者。他本想为自己争取幸福，可是却被命运打败了。他也有委屈之处，他的婚姻带有一定的欺诈性。他在不了解真相的情况下，跟一个出身于疯子家族的女人结了婚。

他说完，仍然紧握着我的手，从教堂离开了，朝桑菲尔德府走去。三位绅士在后面跟着。

罗切斯特先生拉着我的手，直奔三楼，用钥匙打开了低矮的黑门，撩起屋子里的挂毯，走进第二道门。格雷斯·普尔正在火上烤吃的东西。屋子的另一头，有一个身影在昏暗中跑来跑去。它究竟是什么呢？是人还是野兽？它四肢着地，又叫又抓，还穿着衣服，一头黑白相间的乱发遮盖住了它的脸。

名师指津

罗切斯特的妻子是个精神失常的人，并且随时都会暴起伤人。可见这些年罗切斯特先生跟这样一个女人生活有多可怜。

“早上好，普尔太太！”罗切斯特先生说，“你照看的人今天怎么样？”

“还好，先生，谢谢你。她有点儿想咬人，但还算安静。”

一阵凶狠的叫声好像要拆穿她的假情报似的，那个疯子站了起来。

“先生，她看到你了，”格雷斯·普尔连忙嚷道，“你最好不要待在这里。”

“我只待片刻，格雷斯，你得同意。”

“那么，先生你应该小心些！”

疯子大声吼叫，将蓬乱的头发从脸上分开，凶狠地盯视着来访者。我认出了她那张紫色的面孔，以及那肿胀的五官。普尔太太走了过来。

从这段话中我们可以看出，这个疯子是极其凶残的、极其不理智的，她做事不考虑后果。我们可以推测出，前文所提到的种种奇怪的事都应该是她造成的。

“她现在手里有刀吗？我正防备着呢。”罗切斯特先生说。

“你没法弄清楚她手里有什么，先生，她非常狡猾。”

“我们最好还是离她远点。”梅森先生说。

“见鬼去吧！”罗切斯特先生说。

“小心！”格雷斯·普尔突然叫道。三位先生同时朝后退，罗切斯特先生把我藏在身子后面。疯子跳起来，死死地掐住他的脖子，差点儿把罗切斯特先生掐死。最后，在格雷斯·普尔的帮助下，他们把她制服了。

“瞧，这就是我的妻子。”罗切斯特先生带着凄惨的微笑，用讥讽的语调对旁观者说。

律师在楼下对我说：“小姐，你不用承担任何责任。要是你的叔叔还活着，他听到这个消息会非常高兴的。”

“我叔叔！他怎么了？你认识他？”

“梅森先生认识。爱先生是他在丰沙尔商号的老客户。你叔叔收到你的信，知道你要跟罗切斯特先生结婚的时候，梅森先生正在他身旁。你叔叔知道他认识罗切斯特先生，就跟他谈到了这个消息。梅森先生对你叔叔道出了真相。我非常遗憾地告诉你，你的叔叔得了重病，他正在床上躺着。他把梅森先生托付给了我，请我帮助他。我很高兴我们没有迟到，我想，你也很高兴吧。我确信在你赶到马德拉之前你叔叔就会离开人世，否则我会劝你同梅森先生一道回去的。现在，你最好留在英国，等候爱先生的消息。”说完，他对梅森先生说：“我们还有必要留在这儿吗？”

“没有，我们走吧！”梅森先生焦急地答道。他们没有跟罗切斯特先生告别，就急匆匆地走了。

名师释疑

遗憾：①遗恨。②不称心；大可惋惜（在外交方面常用来表示不满和抗议）。

名师指津

作者在此处省略了对梅森先生尴尬心情的描写，用简洁的语言描绘了当时的情景，却又在情理之中。

名师赏析

正当罗切斯特先生和简·爱举行结婚仪式之际，有两个人以重婚的名义来到教堂进行阻止。他们人证物证充分，迫使仪式停了下来。罗切斯特先生说出了藏在内心的秘密，他带领这些人去看自己的妻子。原来他的妻子正是那位在家中惊叫的疯子，罗切斯特先生是在被欺骗的情况下结婚的。这使种种问题都得到了合理的解释。两个人组合成家庭的时候，彼此间应该坦诚相对，隐瞒自己的事只会误人误己。

学习借鉴

好词

吹捧 装模作样 困惑 警惕 屈指可数 废墟 矗立 执拗 深思熟虑 咬牙切齿

好句

* 我之所以装模作样地向英格拉姆小姐求婚，是希望你会狂热地爱上我，就像我狂热地爱上你一样。

* 从她的眼神里我看出，她并没有在我身上找到什么可爱的地方足以解答她心中的迷惑。

* 我按照他的话做了，喜悦让我变得十分灵巧，一下子就坐到了他的跟前。

* 婚礼这天早上，索菲花了很长时间才把我梳妆打扮好，罗切斯特先生已经等得有些着急了。

* 一阵凶狠的叫声好像要拆穿她的假情报似的，那个疯子站了起来。

思考与练习

1. 简·爱和罗切斯特的婚礼为什么不能举行了？
2. 罗切斯特的妻子是一个怎样的人？
3. 为什么很多人都不知道罗切斯特先生是位已婚人士？

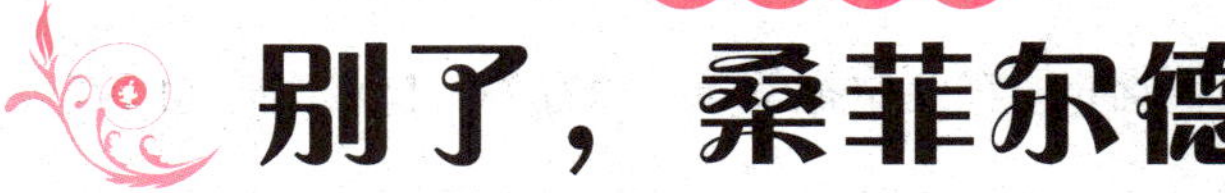

第十一章 别了，桑菲尔德

名师导读

简·爱经过了一番激烈的思想斗争之后，终于迈出了离开罗切斯特的一步。简·爱认为，虽然她还深深地爱着罗切斯特先生，但他们两个人之间存在着不可逾越的鸿沟。他们在一起，是违背道德的，这是简·爱无法容忍的。罗切斯特先生向她坦白了很多事情。他都说了些什么呢？罗切斯特先生与伯莎·梅森结婚的背后到底隐藏着怎样不为人知的故事呢？

直到下午的某个时候，我把头抬起，朝周围看了看，发现太阳已经落山，在墙壁上涂上了金色的印迹。我问自己："我该怎么办？"我的心灵马上回答："立刻离开桑菲尔德。"

房间里寂静无声，这寂静和孤独令我害怕。我打开门，迷迷糊糊地走了出去。"你终于出来了，"他说，"我等了你很长时间，我不要你独自伤心，倒宁愿你能够狠狠地责备我。"

他把我抱在怀里，俯下身打算吻我，我转过脸去，推开了他。

"这是怎么回事？"他大叫，"嘿，我知道！你不想亲吻伯莎·梅森的丈夫，对吗？"

名师指津

简·爱的痛苦来源于多方面。不能和罗切斯特先生结婚，只是其中的一方面。当她发现自己所做的一切都是白费力气，不会有任何收获时，她感到很害怕。她更加无法容忍的是要和罗切斯特先生分开。

名师指津

罗切斯特先生想亲吻简·爱，却被她拒绝了。在简·爱看来，他们之间已经有界限了，他已经没有亲吻她的权利了。

名师释疑

诡计：狡诈的计策。

名师指津

罗切斯特先生认为简·爱误解了自己。他很想和简·爱在一起，可是简·爱拒绝了他。其实，简·爱依然深深地爱着罗切斯特先生，但她理智地认为，自己不能跟罗切斯特先生在一起了。

“是的，先生，你已经不具备吻我的权利了。”

“这么说，你认为我是一个诡计多端的浪子，一个卑鄙无耻的流氓，认为我故意设下圈套使你掉进爱情的深渊，打击你的自尊，剥夺你的名声。我决定把桑菲尔德府关闭起来，把前门钉牢固，给下面的窗户装上木板。一年给普尔太太两百英镑，让她在这儿陪着我的疯妻子。”

“先生，”我把他的话打断了，说，“你对那个不幸的太太太狠心了，你说起她的时候心中怀着憎恨，带有复仇的心理。她发疯是迫不得已的。”

“简，你看错我了，我不是由于她发疯而恨她。要是你发了疯，你觉得我会恨你吗？”

“我认为你应该会的，先生。”

“那你就大错特错了，你对我一点儿也不了解，不了解我对你的感情。好吧，我们不谈这个。我们可以立刻离开这里。明天我们就动身，简，我们能够和痛苦、恐惧永远告别！我有一个可去的地方，在那里我们能够忘记一切可恨的回忆，远离所有我们不喜欢的人，甚至还能够远离所有的诋毁。”

“你带阿黛勒去吧，先生，”我说，“她可以和你做伴。”

“你这是什么意思，简？你已经不爱我了？”

他的话令我伤心，可是我又能说些什么、做些什么呢？我深感后悔，希望可以安慰他，于是我说：“我比从前更加爱你，但我不能把这种感情说出来，我不能纵容它继续发展。”

“最后一次！简，你认为能够跟我住在一起，可以每天看到我，心里面深深地爱着我，却对我保持疏远和冷淡吗？”

“我得从桑菲尔德离开。”

“我不会理会你说的这种疯话，你真实的意愿是你必须成为我的一部分。你将会成为我的妻子——既是事实上的，也是名义上的。我还没结婚，今生今世，我只守候你一个人。你应该通情达理，否则我会疯掉的。”

“先生，你的妻子还活着，这是你今天早晨承认的真相。要是我像你刚才说的那样跟你在一起，我就成了你的情妇。”

“天！我总是跟你说我没有结过婚，又不跟你解释，我真是一个傻瓜！简，你是否听说过我不是家里的长子，我还有一个哥哥？”

“费尔法克斯太太曾经这样给我说过。”

“你有没有听说过我父亲是一个爱钱如命的人？”

“我听到过一些这样的说法。”

“由于对财产的热爱，我父亲决定保持产业的完整性，决不允许它们被分割。他将全部财产都留给了我的哥哥罗兰。不过，他也不能忍受他的另一个儿子变成穷鬼，所以，他决定给我找一个富有的妻子。她家里的人很支持，因为我的家庭背景好，她也如此希望。他们让我在聚会上看到她，她穿着华丽。我很少能够单独见她，也很少能够跟她交谈。她的那个圈子中所有的男人都倾慕她，嫉妒我。因为幼稚与缺乏经验，我被这些弄得晕头转向，

名师释疑

疏(shū)远：①关系、感情上有间距；不亲密。②使疏远；不亲近。

名义：①做某事时用来作为依据的名称或称号。②表面；形式。

名师指津

从这段话中我们可以看出，罗切斯特先生的父亲做事不公平，他没有留给罗切斯特先生一星半点儿财产，全都给了罗兰。而罗切斯特先生只是看到了事情的表象，他没有把对方的情况了解透彻，就跟她结了婚。可见当时他还很不成熟。

以为自己已经深深地爱上了她。很快，我自己还没搞清楚怎么回事，我就跟她结了婚。我真是愚蠢！

“蜜月之后我才知道自己搞错了，我的新娘原来是一个疯子。她还有一个弟弟，是一个不会说话的白痴。你见到的那位梅森先生有一天也许也会发疯。他们家族的遗传如此。

“我还发现，我跟我的妻子在性格上格格不入。她拥有一颗卑鄙、平庸、狭隘的心，很难向更高处发展。

名师释疑

狭隘：（心胸、气量、见识等）局限在一个小范围里；不宽广；不宏大。

“我跟她一起生活了四年。这四年里她那令人心生畏惧的性格还在继续发展，我被折磨得死去活来。

“后来我把她带到英国，弄到桑菲尔德来，安置在三楼的那个屋子里。如今，她在那儿已经十年了。找照料她的合适人选费了很大功夫，因为她发疯时会泄露我的秘密，偶尔清醒时就谩骂我，我要找一个值得信赖的人。最后，我从格里姆斯比疯人院雇来了格雷斯·普尔。知道我秘密的人只有她与外科医生卡特。费尔法克斯太太可能预料到了什么，但她不清楚确切的真相。”

“后来发生了什么事？”趁他停下来的时候，我问。

“在这十年里，我过着漂浮不定的生活，到过许多地方。因为我富有，出身又好，所以不管到哪里都会有人欢迎我。我的第一个情妇是赛莉娜·瓦伦——她的情况你应该知道了。在她之后，我又找了意大利人佳辛达和德国人克莱拉，她们都非常漂亮。但几周后，她们的美貌对于我来说就一文不值了。佳辛达蛮横无理，三个月后我就对她感到厌倦了；克莱拉虽然实在，但太愚蠢，反

名师指津

罗切斯特先生为了找一个爱自己、愿意接纳自己的人而在外到处漂泊。他换了不少情妇，却并不合他的口味。后来，他醒悟了，认识到那种堕落的生活方式是不对的。可见他在慢慢变得成熟。

应迟钝，我给了她一笔足够她花的钱。可是，简，我觉得你正在对我产生一种很不好的看法，你认为我是一个流氓吗？”

我觉得他的这番话非常真实，并在心里警告自己，在任何情况下都不能走上那些可怜的姑娘们的旧路。

“后来因为事务上的需要，我来到了英国，”他接着说，“在一个寒冬的下午，我骑着马，远远地看见了桑菲尔德——多么可恨的地方啊！当我的马不小心滑倒在地时，你帮助了我。第二天我悄悄地观察你，你认真地教导阿黛勒，小小的脑袋里不知道在想些什么，经常走神。晚上，我迫不及待地把你叫到我身旁，想进一步探索你。我发现你对我的脾气一点儿也不在意。你思想敏锐，有着超越一般人的洞察力。你那样娴静、可爱，和我那样契合。我知道我寻找到了真正爱的人，我要将你和我融为一体。”

“不要再提那些日子了，先生。”我打断他的话，偷偷拭去眼角的泪珠。

“我蒙骗了你，这确实是我的错，但我惧怕你性格中固执的一面。我本打算等我们远离这儿时再冒险将真相告诉你，现在我知道这是懦弱的表现，我应当像现在这样，先坦率地跟你诉说我的烦恼，求助于你心灵的高尚与宽宏大度。随后我要向你表达我心中的誓言，然后要求你也发誓。简，把誓言给我。我只要一个承诺：‘我将属于你，罗切斯特先生。’”

“罗切斯特先生，我将不属于你。”我说。

他竖起眉毛，站起来了拉住我的手，又坐下，说：“简，在

名师释疑

迟钝（dùn）：（感官、思想、行动等）反应慢，不灵敏。

名师指津

温和的脾气能够在无形之中化解尖锐的矛盾，让事情在一个良好的气氛中得到解决。

名师指津

这句简单的叙述从侧面反映出了两件事情，一是罗切斯特先生对简·爱有着深深的爱意；二是简·爱是一个信守承诺的人。

你临走之前，你应该把我那可怕的生活再看一眼。你走了，我的幸福也就不存在了。简，我该怎么办？我应该到哪儿去寻求希望？”

“同我一样，相信上帝和自己吧。希望在天国我能够同你再见面。”

“那么，你去吧，留我一个人在这儿痛苦。回到你自己的屋子里去，好好考虑一下我说的话。”他转过身，脸扎进了沙发里。我听到了他的哭声，我走了过来。我跪在他身旁，将他的脸从沙发上转向我，抚平他的头发，亲了他的脸颊。他站起来，伸出双臂打算拥抱我，可是我躲开了，然后飞快地离开了。

“别了，”我在内心里呼喊，“永别了！”

那一夜我没想过要睡觉，可是我在床上一躺就睡着了。梦里，我回到了童年，在盖茨黑德府的红房子中躺着，面对着各种令我震撼的恐惧。最后，一个白色的人影对我说：“我的女儿，躲开诱惑吧！”“母亲，我会的。”我从恍惚的梦里醒来后这样回答。

黎明降临了，我飞快地把衣服穿好，从抽屉里找出了几件衬衣，打了一个包裹。我的钱包中还有二十先令，我把它放进口袋里。然后我披上披肩，戴上草帽，拎起包裹和那双我一点儿也不愿意穿的拖鞋，偷偷溜出了房间。

我在厨房里找到了边门的钥匙，还找到一瓶油和一根羽毛，给钥匙和锁都涂上了油。我带上了一些水和面包——说不定我要

名师释疑

天国：①基督教称上帝所治理的国度。②比喻理想的世界。

恍（huǎng）惚（hū）：①神志不清；精神不集中。②（记得、听得、看得）不真切；不清楚。

名师指津

通过一系列的动作描写，流露出了简·爱对罗切斯特先生的不舍之情，这种间接表露人物思想感情的方法可以让故事情节显得更加真实。

走很远的路，我的体力已经大大减弱，千万不可在路上垮下来。我悄悄地做完这一切，把门打开，走了出去，并轻轻地锁上了门。黎明的光辉洒在院子中，巨大的前门上着锁，但其中的一扇小门上只插着门闩，我从这儿走出去，从桑菲尔德府离开了。

一英里外田野的另一头，有一条路，我不知道它通向何处，但还是走了过去。我不愿回想，也不愿思考，哪怕面对的是一个完全空白的未来。

后来，我上了大路，因为劳累不得不坐在篱笆下喘口气。这时，我听见了车轮声，一辆马车驶了过来。我给了马车夫二十先令，上了车。

名师指津

简并不知道自己应该去往何处，这表现出她离开罗切斯特先生后茫然、落寞但又坚毅的矛盾心情。

名师释疑

篱（lí）笆：用竹子、芦苇、树枝等编成的遮拦的东西，一般环绕在房屋、场地等的周围。

名师赏析

虽然简·爱对罗切斯特先生怀有深切的爱意，但是她的理智不允许自己和罗切斯特先生继续下去了，她决定离开罗切斯特先生。罗切斯特先生把自己埋藏在心底的事都告诉了简·爱，简·爱也就更加了解他了。尽管如此，她依然离开了他。她的心情是复杂的，她强迫自己离开了罗切斯特先生。世上的事情没有十全十美的，处事时只要不违背自己的良心、不损害他人的利益便已足够。

学习借鉴

好词

诡计多端　卑鄙无耻　迫不得已　疏远　通情达理

晕头转向　狭隘　一文不值　蛮横无理　震撼

好句

* 直到下午的某个时候，我把头抬起，朝周围看了看，发现太阳已经落山，在墙壁上涂上了金色的印迹。

* 这么说，你认为我是一个诡计多端的浪子，一个卑鄙无耻的流氓，认为我故意设下圈套使你掉进爱情的深渊，打击你的自尊，剥夺你的名声。

* 由于对财产的热爱，我父亲决定保持产业的完整性，决不允许它们被分割。

* 你那样娴静、可爱，和我那样契合。我知道我寻找到了真正爱的人，我要将你和我融为一体。

* 梦里，我回到了童年，在盖茨黑德府的红房子中躺着，面对着各种令我震撼的恐惧。

* 黎明的光辉洒在院子中，巨大的前门上着锁，但其中的一扇小门上只插着门闩，我从这儿走出去，从桑菲尔德府离开了。

* 我不愿回想，也不愿思考，哪怕面对的是一个完全空白的未来。

思考与练习

1. 简·爱为什么决意要离开罗切斯特先生？

2. 是什么原因造成了罗切斯特先生不幸的婚姻？

3. 简·爱说自己要离开，罗切斯特先生为什么会流泪？

第十二章 流落异乡

名师导读

简·爱离开桑菲尔德后，由于没把包裹从马车上取下来，所以她身无分文地流浪到一个陌生的地方，甚至还在一个荒地里住了一夜。她走进一间店铺，询问了一些情况，后来店铺的主人却对她的问题很不耐烦，表现得很冷淡，于是，简·爱没有继续追问下去，离开了那儿。后来，她来到了牧师家里。在那里发生了什么呢？为什么汉娜会将她当成乞丐呢？

两天后的傍晚，马车夫让我在一个叫作惠特克劳斯的地方下车，因为我所付的钱不够了，他不能让我再乘坐下去，而我连一个先令也没有了。马车越走越远，我孤零零地待在下车的地方。忽然想起我忘记把我的小包裹从马车上的口袋里拿出来了——我是为了安全才将它放在那里的。如今，我真是一贫如洗了。

名师释疑
一贫如洗：形容穷得一无所有，就像被水冲洗过一样。

惠特克劳斯不是一个镇，甚至连乡村也称不上，它仅仅是立在十字路口的一根石头做成的柱子。我从钉在石柱上面的指路牌上获悉，最近的一个城镇离这儿十英里，最远的则超过二十英里。

看来，我今夜要成为大自然的客人了。我做了夜祷告，然后选择了一个地方睡觉。

第二天我回到惠特克劳斯，沿着背向太阳的那条路走去。走了很久后，我听见一阵钟声传来，是教堂的钟声。我朝声音传来的方向望去，看见小山之间有一个村落和一座教堂的尖顶。

我走进店铺，里面有一位女人。我请求她让我歇上片刻，她冷冷地答应了我的要求。不久，我问她："这个地方的主要行业是什么？大部分人做些什么？"

"有些人种庄稼，大部分人在奥利弗先生的缝纫厂或铸造厂干活。"

"女人做些什么呢？"

"我不知道，"她说，"有的干这行，有的干那行。穷人也得想办法生活。"

她好像对我的问话感到不耐烦了，如果她再继续同我说两句话，我一定会向她讨些吃的东西，我已经落魄到非常卑下的境地了。于是，我起身告别了。

我顺着街道朝前走着，一个钟头后，我看到前方不远处有一所漂亮的小房子，我走过去敲了几下门。一个整洁、温和的年轻女士给我把门打开了。我用一种虚弱、绝望、低得可怜的声音问她是否需要用人。"不，"她说，"我们不需要用人。"

"你能告诉我，在哪里可以找到工作吗？"我接着说，"我是一个生人，在这里没有认识的人。我需要一份工作，什么工

名师指津

简·爱决定在荒地里住一夜，我们可以看出，她已经到了走投无路的境地，她是被迫才这样做的。

名师指津

任何人都会有不如意的时候，我们应该尽自己的能力给身处困境的人提供一些帮助，做一个道德高尚的人。

名师释疑

温和：（性情、态度、言语等）不严厉，不粗暴，使人感到亲切。

作都行。”

“抱歉，我无法帮你。”她说，然后轻轻地把门关上了。

下午的时光逐渐逝去，我穿过一块田地，看见前面有教堂的尖顶，便朝那里走去。我想，陌生人来到一个无亲无故的地方寻找工作，有时会请求牧师帮忙或介绍。于是我鼓起勇气敲响了厨房的门。一位老妇人打开了门，我问她这儿是否是牧师的家。

名师指津

面对困难时，一定要有解决问题的勇气，畏首畏尾只会将眼前的机会白白丧失掉。

“是的，但是牧师不在家。”老妇人答道。

“是去很远的地方了吗？”

“不远——三英里远的地方。他父亲突然去世了，他回沼泽居去了，或许要在那里待两个星期。”

我深感绝望，可是我不能乞讨，不能要她救济我。我走开了。

名师释疑

救济：用金钱或物资帮助灾区或生活困难的人。

我取下丝巾，想再到那家小店铺去换上几块面包，可是店铺的主人并没有同意我的交换请求。

天快黑时，我经过一家农舍，农夫坐在开着的房门前面，正在吃面包。我停了下来，对他说：“能给我一块面包吗？我非常饿。”他惊讶地看了我一眼，但什么话也没说就切了厚厚的一片面包给我。我想他并不认为我是一个乞丐，而只是一位想吃他的黑面包的古怪小姐。我快步走到看不到他屋子的地方，坐下吃了起来。

名师指津

农夫是一个善良的人，大方地给了简·爱一片厚厚的面包，可见善良是不分等级的。

夜幕再次来临，我在站立的地方颓然倒下，静静地躺了片刻，感受夜风从我脸上吹过。之后下起了大雨，把我的衣服淋透了，我站了起来。

我看到了亮光。它是从一个小小的窗户里发出来的，我悄悄走过去，朝屋内看去。一位老妇人正借着烛光织袜子，火炉旁边有两位年轻高雅的女士坐着，她们都身穿丧服，正在看书。

我能听到她们说话，从对话里我得知，老妇人叫汉娜，是用人；两个年轻的小姐中梳着辫子的叫玛丽，卷头发的叫戴安娜，好像都是家庭教师。她们在等待一个叫圣约翰的人回来吃晚饭，他是两位小姐的哥哥。

名师指津

简·爱透过窗户，看到了里面的一些人，同时，也听到了她们的讲话，对里面的人有了大致的了解，这为后文的发展做了铺垫。

“现在，他肯定快回来了。快到十点了，”一位小姐说，“雨下得真够大的。汉娜，请你去客厅看看火好吗？”

老妇人站了起来，走进一道走廊。不久，我听到她在另一间屋子里拨火的声音。然后，她回来了。

“啊，孩子们，”她说，“进入那个房间让我很难受。椅子空空地在墙角放着，使那个房间看上去那么冷清。”她用围裙擦了擦眼睛，两个姑娘也都流露出悲伤的神情。

“不过他现在去了更好的地方，”汉娜继续说，“我们不该盼望他回到这里来，况且他死得那么安详。”

名师指津

从这里我们可以看出，在这两位小姐的身上发生了不快乐的事，圣约翰先生跟这两位小姐存在着一定的关系。到底发生了什么事情呢？认真阅读吧！

“他真的没有说起我们吗？”一位小姐问。

“孩子，他来不及，待了一分钟就走了。他头一天晚上不舒服，第二天觉得头有点沉重，就去睡觉，从此再也没有醒来。”

这时候，十点的钟声响了起来。汉娜开始为晚饭作准备，两位小姐起身来到了客厅。我摸到门边，犹豫不定地敲了敲门。汉娜把门打开了。

“你有什么事？”她吃惊地问我，同时借着手中蜡烛的光亮打量我。

“我是外地人。我想在外屋或者随便什么地方住一宿，再要一口面包吃。”

汉娜的脸上显出了不信任的表情。“我能给你一片面包，”她说，“但我们不会收留流浪者过夜，这不妥当。”

名师指津

在帮助别人的时候也要多留一个心眼，避免让自己遭受到不必要的伤害和损失。

“可是，要是你把我赶走，我能去哪里呢？我该怎么办？”

“嘿，我保证你知道去哪里，也知道该怎么办。注意别做坏事，这就可以了。给你一便士，现在就走吧！”说完，她砰的一声关上了门。

我倒在门口湿淋淋的台阶上，悲痛万分。“我只有死路一条了，”我哭着说，“我相信上帝，我正默默地等着他的旨意。”

“人都是会死的，”一个声音从附近传来，“但并不是所有的人都会慢慢地受尽折磨而死。”

“是谁，或者是什么东西在讲话？”我被这个忽然传来的声音吓了一跳，慌忙问道。我模糊的双眼看到一个人在使劲地敲门。

“是你吗，圣约翰先生？”汉娜大声问。

“是我，把门打开。”

“哎呀，在这刮风下雨的夜晚，你准是又冷又湿！进来吧，你的两个妹妹都在担心你，而且我相信这周围有坏人。刚才有个要饭的，我猜测她还没走呢！就躺在那里。快起来！真丢脸，走开！”

名师指津

作者用“要饭的”来形容简·爱，从侧面反映出了简·爱落魄的处境，这与后文中简·爱身上闪现出的高尚品德形成了对比。

"嘘，汉娜！我有话要对她说。你把她撵走已经尽了你的职责，现在让我放她进去，尽我的职责吧。刚才你们说话的时候，我就在旁边，我想我应该查问一下。姑娘，起来吧，随我进屋去。"

我艰难地照办了。很快，我就站在了整洁明亮的厨房里，靠在炉火边，全身哆嗦着。

"可能喝点儿水能让她恢复过来。汉娜，那是牛奶吗？拿给她，再给她来点儿面包。"

戴安娜朝我弯下身，掰了一块面包，在牛奶中蘸了一下喂给我。她的脸紧靠着我，我在她的脸上看到了同情和怜悯。"吃一些吧。"她说。

"一开始不要吃太多，要控制一下。"她们的哥哥说，"看看她现在能不能说话，问问她的名字。"他随后说。

我觉得能说话了，就回答说："我叫简·爱略特。先生，我今晚没办法和你详谈。"我不希望别人知道我的身份，早已决定用一个假名字。

两位小姐和圣约翰先生沉默地看了我片刻，最后，圣约翰先生说："汉娜，你让她在这里坐着，什么也不要问她。十分钟之后，把剩余的牛奶和面包给她。玛丽和戴安娜，我们去客厅谈谈这件事。"

接下来的三天三夜，我一直在床上躺着，不能动，也不能说话，唯有意识很清醒。任何进入这间屋子的人，我都认真地瞅一下。我分辨得出他们是哪一位，也听得懂他们都说了些什么。汉

名师释疑

恢复：①变成原来的样子。②使变成原来的样子；把失去的收回来。

名师指津

从这段话中我们可以看出，简·爱身体很虚弱，但脑子很清醒。简·爱给汉娜留下的印象不好，她希望简·爱走掉，这对于陷入困境的简·爱来说，是残忍的。

娜常常来访，她的到来扰乱了我，我能感觉到她希望我走掉。戴安娜和玛丽一天来两次。

圣约翰先生仅仅来过一次。他看了看我，说我嗜睡是长期疲劳导致的，没有必要请医生来，我很快就会恢复健康。

名师释疑

必要：不可缺少；非这样不行。

第三天，我好了一点儿。第四天，我可以说话了，还可以从床上坐起来并转动身体了。

“怎么，你已经起来了，”汉娜说，“看来你好点了。如果你愿意，可以到炉边的椅子上坐一会儿。”

我坐了下来。她不停地在忙碌着，每隔一会儿就用眼角瞅我一眼。从炉子里取出面包的时候，她直截了当地问：“到这里来之前你要过饭吗？”

名师指津

直截了当地打探别人的隐私是一种很不礼貌的行为，即便是在非要探知别人隐私的情况下，也应该用含蓄、委婉的说法，尽量将对别人的伤害降到最小。

我非常生气，但知道自己不可以发火。我用略带强硬的语气说：“我不是要饭的，就像你跟你家的小姐们不是要饭的一样。”

她停顿了片刻，说：“那我就搞不明白了。你读过书吗？”

“是的，读过很多。我在寄宿学校待了八年。”

她把眼睛睁得大大的：“那么，你怎么连自己都养不活呢？”

“我养活过自己，将来也会独立起来，自己把自己照顾好。”我说，同时提出要帮助她拣醋栗——她刚刚拿出一篮醋栗，要做饼。她同意了，还拿了一块干净的毛巾铺在我的衣裳上，以免弄脏它。

“你能告诉我这栋房子叫什么名字吗？”我问。

“有人称它沼泽庄，有人称它沼泽居。”

“住在这里的那位先生叫圣约翰是吗？”

“他不住在这里，仅仅在这里待一阵子。他住在离这里几英里远的莫尔顿，是牧师。这里是他父亲老里弗斯先生的家，他的父亲、祖父、曾祖父都住在这里。他的父亲三周前去世了，女主人几年前就去世了。”

她非常健谈，不住地说话。她告诉我老里弗斯先生是一个朴实无华的人，是个绅士，在一个古老的家庭长大。圣约翰先生与两位小姐从小就爱读书，长大后，圣约翰先生做了牧师，两位小姐做了家庭教师。我问她现在先生跟小姐们去哪里了，她告诉我他们去散步了，半个小时之后会回来。

名师指津

作者通过对话的形式引出圣约翰，使文章的结构更加紧凑，让故事更具吸引力。

名师释疑

健谈：善于说话，经久不倦。

朴实：①朴素。②质朴诚实。

简·爱身无分文，被车夫赶下马车，被迫夜宿荒地。一个年轻女子遭受如此厄运，是多么可怕的事！受过良好教育的她被逼无奈像要饭的一样去求助别人，伸手向农夫要了一块面包。在一个大雨滂沱的夜晚，她乞求避一下雨，却被一个仆人拒绝了。从这些我们可以看出，她遭受的困厄是超乎想象的，是一般人忍受不了的。面对厄运，一定要有坚强的意志，只要坚持下来，就会看见胜利的曙光。

学习借鉴

好词

一贫如洗　落魄　救济　嗜睡　朴实无华

好句

* 我朝声音传来的方向望去，看见小山之间有一个村落和一座教堂的尖顶。

* 下午的时光逐渐逝去，我穿过一块田地，看见前面有教堂的尖顶，便朝那里走去。

* 两个年轻的小姐中梳着辫子的叫玛丽，卷头发的叫戴安娜，好像都是家庭教师。

* 接下来的三天三夜，我一直在床上躺着，不能动，也不能说话，唯有意识很清醒。

* 汉娜常常来访，她的到来扰乱了我，我能感觉到她希望我走掉。

思考与练习

1. 当别人把简·爱当成乞丐时，她心里是怎样想的？
2. 简·爱为什么没有向那位店铺里的女人讨要食物？
3. 简·爱为什么会嗜睡？

第十三章 亲人

名师导读

休息了一段时间后，简·爱的身体逐渐恢复了健康。她向两位小姐和圣约翰先生诉说了自己的情况。她希望圣约翰可以帮她找到一份工作，能自己养活自己。圣约翰先生给她介绍了一份乡村教师的工作。后来，圣约翰先生告诉了她一件出乎她意料的事。这件事是什么呢？后面又会发生什么事呢？请继续阅读吧！

里弗斯兄妹准时到了，他们从厨房的门走了进来。圣约翰先生看到我，点点头便从我身旁走过。两位小姐停下来。玛丽平和地说了一些话，表示能看到我下楼感到很开心；戴安娜拉住我的手，对我摇了一下头。

“你应该得到我们的许可后再下楼，”她说，“你的脸色还非常苍白，又那么瘦！可怜的孩子！可怜的姑娘——你在这里做什么？你是客人，应该到客厅去。”

她们把客厅的门关上了，把我与圣约翰先生留在客厅里。圣约翰先生坐在我对面。我认真地打量这个客厅，然后注视着坐在

名师释疑

平和：性情或言行温和。

对面的那个人。圣约翰先生一动不动地坐着，手里拿着书，使我有机会仔细地打量他一番。他的年龄应在三十岁以下，身材修长，相貌英俊。在他妹妹到来之前，他没和我说一句话。

名师指津

这是对圣约翰先生的外貌描写，他的五官长得不仅端正而且匀称，很是英俊潇洒。约翰比男主人公罗切斯特年轻、英俊、潇洒，这为后面表达简·爱的性格和情感做了铺垫。

戴安娜不停地忙碌着做茶点，间隙中给我取来一小块蛋糕。“吃吧，”她说，“你应该饿了。汉娜说早饭之后你仅仅喝了点儿粥。”

我没有拒绝，因为我的食欲上来了。圣约翰先生这时把书合上了，走到桌子旁边，一边坐下一边注视着我。他的目光里夹杂着一种不礼貌的直率。“你很饿。”他说。

“是的，先生。”

“三天前低烧迫使你禁食，这对你有益处。现在你能吃了，但是要控制好食量。”

“我相信，我不会在你这儿吃很久东西的，先生。”我笨拙又粗鲁地回答。

简·爱有着很强的自尊心，她不想自己白吃白喝，所以说自己不会在这儿吃很久东西。

“你是不会，”他冷冷地说，“等你将你的朋友们的地址告诉我们，我们就会给他们写封信，到时你就能够回家了。”

“我得坦白地说，我不可以这么做，因为我既没有家，也没有朋友。”

他们三个人都注视着我——并非带着怀疑，更多的是好奇。两位小姐对此很好奇，圣约翰先生的目光非常敏锐，令我感到窘迫。

“你是说，”圣约翰先生问，“你一个亲戚朋友也没有？”

“没有。我跟任何一个活着的人都没有牵连，也没有权利走进英国的任何一个家庭里去。”

“对于一个你这样年纪的人来说，你的处境真是奇特！”他说完后看了一下我的手，然后问：“你没有结婚？”

戴安娜笑了，说：“她才不过十七八岁，圣约翰。”

“我马上就要十九了，但我没有结婚。”我说。因为提到了结婚，我痛苦的回忆被招引了出来，脸上像火烧一样发烫。戴安娜和玛丽转过脸去，不看我发红的脸孔，使我得到了宽慰。可圣约翰却仍旧盯着我看，这激起了我的不安，我的眼泪流了出来。

“你来到这里之前住在哪里？”他问。

“我住在哪里，跟谁住在一起，这是我的秘密。”

“要是对你的过去一无所知，我就帮不了你。你现在需要帮助，对吗？”

“我需要帮助，希望有一个真正的慈善家能给我一份力所能及的工作，让我养活自己，哪怕只能满足生活的必需也行。”

“我不知道自己算不算一个真正的慈善家，不过我会全力帮助你。首先，你需要告诉我你以前是干什么的，你能做什么？”

“圣约翰先生，”我看着他说，“你跟你的两个妹妹给了我很大的帮助，这是一个伟大的人能够为他的同类所做出的最高尚的殷勤。现在，我会尽我所能将我的身世告诉你们。我是一个孤儿，一个牧师的女儿。在我不记事时，我的父母就去世了。我是靠别人的抚养长大的，在一个慈善机构里接受教育。这个慈善机构叫罗沃德学校，布罗克赫斯特先生是学校的司库。我在那里做了六

名师释疑

奇特：跟寻常的不一样；奇怪而特别。

名师指津

善解人意可以将彼此间的尴尬化解于无形之中，让别人从窘迫的心境中缓解出来，是一种优良的品质。

名师指津

只有充分地了解了一个人和一件事物，才能够做到人尽其才、物尽其用，将资源进行合理的安排。

年学生，两年教师。”

“我听说过布罗克赫斯特先生，也去过那个学校。”

“我离开罗沃德学校已经将近一年了。我找到了一个更好的工作，我很开心。但在来到这里的四天前，我被迫从那个地方离开了。至于我离开的缘由，我不可以解释也不应该解释。”

“别让她再继续说下去了，圣约翰，”戴安娜小姐趁我停顿时说，“她现在不宜激动。坐到沙发这里来，爱略特小姐。”

听见这个假名字，我不由自主地感到惊讶，因为我已经把它忘了。这没有逃过圣约翰先生的眼睛，他问：“你说你的名字是简·爱略特？”

“我是这样说过，它是我目前觉得比较方便的名字。当然，它不是我真正的名字，因此听到它我感到陌生。”

“你不想把真名字说出来？”

“不想。我不想被别人知道我是谁。”

“我认为你做得正确，”戴安娜说，“哥哥，请让她稍微静一会儿吧。”

圣约翰沉默了一会儿，又问我：“你说过不想一直依赖我们，想过独立的生活，对不对？”

“是的。告诉我如何干活，或如何找活干吧。然后我会离开，即使是到最简陋的茅草屋里去我也不害怕。但在这之前，请你让我留在这里。”

“你一定得留在这里。”戴安娜将一只白皙的手搁在我的头

名师指津

简·爱把自己的大致情况告诉了她的恩人们。然而，她也隐瞒了一些事。她不想把自己和罗切斯特先生之间的事情告诉他们，因为那些事对于她来说有不同寻常的意义。那种记忆是幸福的，却也让她备受煎熬。

名师释疑

依赖：①依靠某种人或事物而不能自立或自给。②指各个事物或现象互为条件而不可分离。

上说。

“你应该住在这里。”玛丽用含蓄且真诚的语调说。

“要是找不到更好的工作，当裁缝也行，也可以当一个普通女工，当用人、带孩子我也心甘情愿。”我说。

“行，”圣约翰先生冷淡地说，“既然你有这个志气，我就帮你这个忙。”说完，他又去看书了。

在接下来的相处中，我越来越了解沼泽居的居民，也越来越喜欢他们。我整天与戴安娜和玛丽在一块儿，跟她们说话，与她们一起读书。后来，戴安娜提出教我学德语，我开心地接受了。她们对我的绘画技巧非常赞赏，玛丽提出向我学习绘画，我也开心地接受了。就这样，我们一起娱乐，几天就像几个小时，几个星期就像几天一样过去了。

圣约翰先生和我并没有形成如此融洽的友情，因为他大部分时间都用来看望他的教区中那些穷困的人和患病的人了。不管是刮风还是下雨，他都不会停下手头的事。另外，他的沉默寡言也是阻碍我们之间产生友情的缘由。

一个月过去了，戴安娜和玛丽不久就要从沼泽居离开，去英国南方一个时髦的城市里当家庭教师。她们都在富有的家庭任职。自以为是的富人只会把她们当作地位低微的下人，全然不看重她们与生俱来的美德，欣赏她们的才华与欣赏厨子的手艺没什么不同。圣约翰先生还没有给我说他有没有帮我找到工作，但是谋到一个职位对我来说已经是迫在眉睫的事了。一天早晨，我跟他单

名师释疑

含蓄：①包含。②（言语、诗文）意思含而不露，耐人寻味。③（思想、感情）不轻易流露。

迫在眉睫：形容事情临近眼前，十分紧迫。

名师指津

她们各有各的长处，并且相互学习起来。戴安娜提出教简·爱学习德语，简·爱教玛丽学习绘画。她们在一起的时候，享受到的是温暖，是欢乐，所以觉得时间过得很快。

独在客厅里待了几分钟，我冒昧地走到他面前，心里盘算着应该如何打破我们之间的沉默状态——这个时候，他开口说话了。

“你有话要跟我说？”他把头抬了起来，说。

“是的，我想知道你是否打听到了有什么工作能让我去申请？”

“三周之前我已经帮你找到了，或者不如说为你想出了一份工作。但你在这儿生活得很愉快，我的两个妹妹都喜欢你，跟你在一块儿她们也很愉快——我认为破坏你们的欢乐气氛是不合时宜的，还是等她们快要离开沼泽居而你也要离开的时候再告诉你吧。”

名师释疑

不合时宜：不适合当时的需要。

坦白：如实地说出（自己的错误或罪行）。

“她们三天之后就要走了吗？”我问。

“是的，她们一走我就要回到莫尔顿的牧师住所里去，汉娜跟我一起去，这栋古老的宅子也就空下来了。”

我等着他继续说下去，可是他明显走神了。我焦急地看着他，提醒他继续说关于我的事情，他不得不回到刚才聊的话题：“你先不必急于听到关于工作的安排，坦白说，我并没有什么合适的或挣钱的工作推荐给你。我不会在莫尔顿待多长时间，也许十二月份我就会离开这里，但在离开之前，我会尽力完善这个地方。两年前我来到莫尔顿，发现这儿没有学校，穷人的孩子没有进步的希望。我为男孩们成立了一所学校，现在我打算为女孩们也成立一所。我租了一所房子，附带两间小屋作为女教师的住处。她们的薪金是三十镑一年。奥利弗小姐——她是我的教区里唯一的富豪，她的父亲拥有一家缝纫厂和一家铸造厂。她还从济贫院找来了一个孤女，为她支付学费和服装费，条件是这个孤女需要协助教师做一些家里和学校里的杂活，因为女教师忙着教学，没时间亲自料理这些事情。你想当这个教师吗？”

圣约翰先生问得很仓促，因为他怕遭到拒绝。但对我来说，虽然这份工作显得很卑微，但它提供了住处，而我正缺少一个避难所；这份工作非常沉闷，但是相比做富贵人家的女教师，它却更加自由；而且这份工作并不低贱，并没有让人在精神上受到屈辱。所以，我决定接受它。“谢谢你给我提出的意见，圣约翰先生，”我说，“我真诚地接受这份工作。”

名师指津
圣约翰先生为了使简·爱接受自己给她介绍的工作，话说得很快。这份工作对于简·爱来说，有好的一面，也有不好的一面。以她现在的处境来看，她必须先给自己找一个稳定的地方，所以她诚恳地接受了工作。

圣约翰先生开心地微笑了一下，问：“你什么时候开始工作？”

“我明天就去我的房子。要是你愿意，下周就可以开学。”

“很好，就这样吧。”

离家的日子越来越近，戴安娜和玛丽也越来越沉默和忧郁了。戴安娜说，这次离别跟以往的离别不同，就圣约翰来说，他也许一去就是几年，或就此永别。“他为了实现他酝酿已久的计划，情愿牺牲一切，”她喃喃地说，“现在我们已经失去了父亲，不久我们就会失去哥哥、失去家了。”就在这时，又有一个小小的插曲发生了。圣约翰拿着一封信走进了屋子，“我们的约翰舅舅去世了。”他说。

两个妹妹都不由得稍微愣了一下，但是她们既不感到吃惊也不害怕。在她们看来，这个消息显得非常重要，但并不让人痛苦。

名师指津
圣约翰告诉他的两个妹妹，他们的舅舅去世了，这应该是一件让人感到悲痛的事，她们却看起来并不十分难过。这究竟是什么事情呢？这应该是大家都想知道的。

“那怎么样呢？”戴安娜注视着哥哥的脸孔问。

"那怎么样？"他面无表情地说，"什么也没有，你自己看吧。"

他把信扔向她的膝盖。她大致地看了一遍，把它递给玛丽。玛丽默默地看了一遍，把它还给哥哥。三个人面面相觑。

不久，圣约翰将信折叠好，放进了抽屉里，锁上，然后离开了。戴安娜、玛丽与我都沉默着。片刻后，戴安娜对我说："你一定感到迷惑不解吧？以为我们是狠心的人，听到舅舅死去的消息却没有感到伤心——可是我们从来没跟他见过面，也不认识他。很久以前，我父亲和他吵了一架。我父亲正是听从了他的劝说才将大部分财产拿去做冒险的投资，结果破了产。他们互相指责，从此分道扬镳了。后来他做生意赚了一笔钱，差不多有两万英镑的财产。他没有结婚，除了我们和另外一个亲戚之外没有近亲，而他和那个人之间也不见得比和我们之间更加亲近。我父亲一直以为他会把财产留给我们，以弥补他的过错，可是这封信却明确指出，他把每一分钱都给了那个亲戚，仅仅拿出三十几尼，让圣约翰、玛丽跟我平分，用来买三个纪念死者的戒指。当然，他有权利依照他的心意做事，只是听到如此的消息，难免会让我们意志消沉。"

把这番解释听完之后，这个话题就被放下了。第二天，我从沼泽居离开，去了莫尔顿；第三天，戴安娜和玛丽出发去了遥远的另一座城市；一周后，圣约翰先生和汉娜回到牧师住宅，这个古老的田庄就没有人住了。

我的新家是一个小屋，墙壁刷得雪白。在这个乡村学校里，

名师释疑

面面相觑（qù）：你看我，我看你，形容大家因惊惧或不知所措而互相望着，都不说话。

分道扬镳（biāo）：指分道而行，比喻因目标不同而各奔各的前程或各干各的事情。

名师指津

此处作者用简要的语句将无关紧要的情节一带而过，使文章结构疏密有致。

我一共有二十个学生。她们之中只有三个人认识字，没有一个人会写和算，有少数几个人懂一点儿缝纫。她们说话都带着浓重的家乡口音，我们交流起来甚至都有点困难。

今天早晨和下午，我在那个狭窄简陋的教室里待了几个钟头，现在当我一个人待在这个简单的小屋里时，不禁问自己："你快乐吗？满足吗？"我没自欺欺人，我回答："不。"我感到孤寂，我降低了自己的身份，正朝着社会的底层，而不是高层转变。我的四周都是粗俗、无知、贫困的人，这令我感到失望。可是，这又有什么不好呢？要是我沉迷于激情之中，不能忍受抉择的悲痛，而是陷进温柔的陷阱，做了罗切斯特先生的情妇，那么以后又会如何呢？"我不能沉湎于这种幻想，我要谨遵我的原则。"我这样想，并使自己平静了下来。

很快，我就完全投入到我乡村教师的工作里去了。这工作刚开始是很艰难的，但通过努力，我了解了学生们的品性，看到她们还是有许多优秀品质的。当我们互相熟悉、沟通方便起来的时候，她们的进步真是非常迅速。可是当夜晚我躺在床上后，就会在梦中看到罗切斯特先生，感受到他的目光，投入他的怀抱，爱他并且为他所爱，紧接着回到他身边的渴望就会复活。每次从梦中惊醒，我都会坐起来，挣扎在绝望与希望的边缘。

圣约翰先生和奥利弗小姐常常来看望我。圣约翰先生告诉我，他将要去很远的地方做传教士，这是他至高无上的愿望。我看到，他为此已经决定舍弃世俗中的一切享乐，包括他对奥利弗

名师指津

任何人都会有人生的低谷阶段，我们应该学会在困难中成长，始终保持一种积极向上的心态。

名师指津

简·爱进入了良好的工作状态，并且克服了很多工作上的困难。可是，她并没有把罗切斯特先生忘掉，她经常做梦梦见他。可见，她对罗切斯特先生的感情非常深。

名师释疑

世俗：①流俗。②指人世间（对"宗教"而言）。

小姐的爱情。奥利弗小姐同样深深地爱着他，但他克制着自己，冷漠地拒绝她。

这一天，圣约翰先生来我的房间看我。无意之中，他看见一张我作画时垫手用的白纸，随即就被纸上的某个东西吸引住了。随后，他瞅了我一眼，那目光奇怪得无法形容，我根本无法理解：他好像要将我的体态、面容以及服装的每一处细节都牢牢记住似的。他把嘴张了张，打算说什么，但又没有说出来。最后他利索地从那张纸上撕下来一小条，放到了手套里面便走了。我感到非常奇怪，认真查看了那张纸，可是纸上除了我试笔的时候残留的颜料污渍之外，并没有任何其他吸引人的东西。因此我想这应该是一件无关紧要的事，就不再去想它了。

圣约翰先生走了之后，天上下起了鹅毛大雪。第二天依然在下雪，雪堆积在山谷中，我关上窗户，把火拨旺，读起书来。正当我陶醉在诗的韵律中的时候，我听到门外传来一些声响。最初，我以为那是风吹动门发出来的声响，但随后圣约翰先生把门闩拉开了。我吓了一大跳，急忙问：“有什么坏消息吗？出什么事情了？”

“没有。你真容易受到惊吓！”他说着把斗篷脱了下来，在门上挂好，然后跺了跺脚，震落鞋上的雪。“我如果弄脏了你的地板，”他接着说，“你应该原谅我。到这里来可真不容易，我半个身子陷进了一堆雪里，幸好雪很软。”

“可是你为什么要来呢？”我忍不住问道。

名师指津

圣约翰当着简·爱的面做出一些奇怪的举动，肯定与简·爱有关系，而简·爱“不再去想它”，反而吸引了读者的注意力。

名师释疑

陶醉：很满意地沉浸在某种境界或思想活动中。

韵(yùn)律：指诗词中的平仄格式和押韵规则。

"你这样问客人可不怎么礼貌，"他说，"不过既然你问了，就让我来回复你吧。我需要和你说说话，因为从昨天起，我一直感到非常激动。"说完，他坐了下来。我回忆起了他昨天的奇怪举动，但仍旧不能理解他的用意。我说："真希望黛安娜和玛丽能跟你一起生活，你一个人孤苦伶仃的，而且你又不太会照顾自己。"

"你想错了，"他说，"必要时我是能把自己照顾好的，我此时很好。"他的话透露出一种心不在焉、毫不在意的冷漠意味，好像在表明我的关切是多余的。这使我沉默了。

我决定不再理会他，就剪了烛芯，继续看书。不久，我看到他掏出一个皮夹，从里面取出一封信，默默地看了后又把它折起来放到原处，沉思起来。

"把书放到一旁，过来靠火近一些。"他忽然说。我感到十分惊讶，但还是按照他说的话做了。

"半个钟头之前，"他接着对我说，"我听到了一件事情，后来，我想了一下，决定这件事由我来陈述，由你来当我的听众比较好。我要说的是一个陈旧的故事，这个故事并不长，请你认真听。二十年前，有一个穷苦的牧师喜欢上了一个有钱人家的女儿。有钱人家的女儿也爱上了他，不顾家人和朋友的劝告，嫁给了他。婚礼之后，新娘的家人和朋友就与她断绝了来往。可是两年不到，这对不幸的夫妇就先后离开了人世。他们留下了一个女儿，这个女儿被送到她母亲一方一个有钱的亲戚家里，由舅妈抚

名师指津

对于圣约翰先生的到来，简·爱觉得有点莫名其妙。他说自己从昨天起就非常激动，于是简·爱想起了他昨天的异常行为，却仍旧不明白到底是怎么回事。

名师释疑

心不在焉(yān)：心思不在这里。指不专心，精神不集中。

养——这个舅妈就是盖茨黑德府的里德太太。十年后里德太太把她送进了罗沃德学校——你也在那里待了很久。后来，她从学校离开了，去当了家庭教师，教一位由罗切斯特先生监护的学生。”

“圣约翰先生！”我不禁叫道。

“我清楚你的心情，”他说，“可是克制一下吧，我就快要结束了。罗切斯特先生宣布要跟这位年轻的姑娘结婚。在圣台前，她却了解到罗切斯特先生已经有了一个妻子，并且她还活着——虽然她已经疯掉了。然后，这位家庭女教师从桑菲尔德离开了。罗切斯特先生看到她不辞而别，就让人查找，可是一无所获。所以他就在各种报纸上刊登广告，连我都收到一个叫布里格斯的律师寄过来的信，信上向我详细地诉说了上面的细节。你说这不是一个奇怪的事情吗？”

“既然你了解得这么详细，”我说，“那就告诉我罗切斯特先生现在如何，他还好吗？”

“我对罗切斯特先生的情况真的是一点儿也不了解，信里没有提到他，只提到我刚才所说的那个不合法的欺骗企图。你还不如问问那个家庭女教师叫什么名字。”

我深感绝望，我最害怕发生的事情也许已经成为事实：他完全可能已经从英国离开了，在走投无路的绝望中回到欧洲大陆上他曾经常去的地方了。在那里他能为剧烈的痛苦找到什么样的麻醉剂呢？我不敢回答这样的问题。

“他准是一个坏人。”圣约翰先生说。

名师释疑

监护：①法律上指对无行为能力人或限制行为能力人的人身、财产以及其他一切合法权益的监督和保护。②仔细观察并护理。

名师指津

圣约翰先生之所以得知这件事情，主要是因为罗切斯特先生寻找简·爱花费了很大一番心思，这从侧面反映出了罗切斯特先生对简·爱的情意深重。

"你不了解他，就不应该对他评头论足。"我恼火地说。

"行啊，"他平静地回答，"我正在考虑些其他的事情，没在想他。你既然不想询问一下家庭教师的名字，不如我主动把它说出来——慢着——名字在这里——看到要紧的事一清二楚地写在纸上，常常更能令人满意。"

他再次把皮夹掏出来，从里面取出一张纸条——那正是从我的垫手纸上撕下来的。他站了起来，把纸条送到我跟前，我看见那上面用我的笔迹写着"简·爱"两个字，无疑是我无意中写上的。

"布里格斯先生在给我的信里提到过一个简·爱，"他说，"广告里要寻找的是简·爱，而我知道简·爱略特。我承认我怀疑过，但昨天下午我证实了我的怀疑是对的。现在你认可这个名字，取消假名吗？"

"好的，先生。可是布里格斯先生在哪里？也许他了解关于罗切斯特先生的消息多一些。"

"布里格斯先生在伦敦，而且我想他也未必知道关于罗切斯特先生的消息。难道你就不想问一问布里格斯先生为什么找你吗？"

"嗯，他要干什么？"

"他只想对你说，你的叔叔，住在马德拉群岛的爱先生去世了。他把自己所有的财产都留给了你——足足有两万英镑。你现在成了有钱人了——除此之外没有其他的了。"

这真是一件惊人的事！我从来没有想到过会有这么多钱。

名师释疑

评头论足：指无聊的人随便谈论妇女的容貌，也比喻在小节上多方挑剔。也说评头品足、品头论足。

笔迹：每个人写的字所特有的形象　字迹。

名师指津

布里格斯先生之所以找简·爱是为了告诉她关于她叔叔给她留下两万英镑财产的事。简·爱即将成为富人。我们可以想象一下，她有了这么多的钱，会做些什么事？极大地引起了读者的好奇心。

“要是今晚的天气没这么坏，”他说，“我会让汉娜来陪你，你看起来可怜兮兮，我不想留你一个人在这里。”他说完便准备离开。忽然，一个念头在我脑海里出现了。

“为什么布里格斯先生要写信告诉你这件事情呢？”

“你可能没有注意到，”他说，“我跟你同名，我受洗礼的时候被命名为圣约翰·爱·里弗斯。我母亲姓爱，她有两个弟弟。一个是牧师，娶了盖茨黑德府的简·里德小姐；另一个是约翰·爱先生，他生前在马德拉群岛的丰沙尔做生意。布里格斯先生是爱先生的律师，今年八月他写信告诉我们，爱先生去世了，但他将所有的财产都留给了他哥哥的孤女。几个星期前，布里格斯先生又写信告诉我，女继承人不见了，问我是否知道她的下落。无意之中，我看到了她。我想这下你应该明白了吧？”

当然，我清楚了：圣约翰的母亲是我的姑妈，而圣约翰、黛安娜和玛丽则是我的表哥和表姐。

名师释疑

洗礼：①基督教接受人入教时所举行的一种宗教仪式，把水滴在受洗人的额上，或让受洗人身体浸在水里，表示洗净过去的罪恶。②比喻重大斗争的锻炼和考验。

名师赏析

简·爱和圣约翰兄妹生活在了一起，而且他们对她都非常好。她跟戴安娜和玛丽相处得很好，她们互相学习，一起玩耍，感觉时间过得很快。圣约翰先生给简·爱介绍的工作，虽然刚开始做起来有些困难，不过，经过一段时间后，就变得得心应手。做任何事情都有一个熟能生巧的过程，只要我们不断地付出努力，终有一天会熟练起来的。

学习借鉴

好词

笨拙　一无所知　心甘情愿　迫在眉睫　屈辱　面面相觑　分道扬镳　自欺欺人　沉湎　至高无上　孤苦伶仃　心不在焉　不辞而别　一无所获　评头论足

好句

* 圣约翰先生这时把书合上了，走到桌子旁边，一边坐下一边注视着我。

* 你跟你的两个妹妹给了我很大的帮助，这是一个伟大的人能够为他的同类所做出的最高尚的殷勤。

* 她们对我的绘画技巧非常赞赏，玛丽提出向我学习绘画，我也开心地接受了。

* 我不会在莫尔顿待多长时间，也许十二月份我就会离开这里，但在离开之前，我会尽力完善这个地方。

* 现在我们已经失去了父亲，不久我们就会失去哥哥、失去家了。

* 无意之中，他看见一张我作画时垫手用的白纸，随即就被纸上的某个东西吸引住了。

思考与练习

1. 圣约翰先生和简·爱是什么关系？

2. 圣约翰先生给简·爱找到了一份什么样的工作？

3. 简·爱是怎样变得富有起来？

第十四章

沼泽居

名师导读

从离世的叔父那里，简·爱继承了两万英镑的遗产，她还无意间得知圣约翰他们是自己的亲人，于是她决定将遗产分为四份，将其中三份赠送给圣约翰兄妹三人。在她心中，亲人比财产更加重要。圣约翰是一个虔诚的基督牧师，他向简·爱求婚，想让她以妻子的身份随他一起去印度传教。但简·爱拒绝了他。在此之后，简·爱会何去何从呢？

我看着圣约翰先生，他是我的哥哥，一个让我引以为傲的人，更是一个我能爱的人。我还有两个姐姐，她们都有着优秀的品质和善良的心地。当我倒在沼泽居外面的黑暗的风雨里时，是他们解救了我。现在我知道他们竟然是我的至亲！这对于我这个孤零零的人来说，真是一个让人振奋的消息！

圣约翰笑着说："当我告诉你，你有一笔财产时，你看起来非常严肃；而现在，为了一些微不足道的小事，你却这么兴奋。"

"你这话是什么意思呢？也许这份感情对于你来说并不怎么重要，因为你已经有两个妹妹了，不在乎是否还有一个表妹。但

名师释疑

至亲：关系最近的亲戚。

微不足道：非常渺小，不值得一提。

我没有亲人，现在突然有了三个亲戚——或者两个，要是你不愿意算在里面的话。我再说一次，我非常高兴！”

名师指津

简·爱得到了一大笔财富，看上去很兴奋。但她更因为知道了他们是自己的亲人，并且他们都是高尚的人而感到高兴。

我在房间里来回踱步，然后停了下来，脑海里接二连三地出现各种让我来不及接受、理解和安排的想法，它们压得我无法透气。我想着不久以后会如何，能够怎么样，该怎么样。以前，除了爱，我不知道怎样报答那些救我性命的人，现在我终于能够给他们一些好处了。我们有四个人，恰好能够将两万英镑平分，一人五千——足够用了。这样可以兼顾公平和幸福。现在，我心中的石头落了地，这笔财富象征着快乐与幸福。

圣约翰先生在我后面放了张椅子，温和地试图让我坐下来。他还劝我要心平气和，好像在说我已经精神失常、手足无措了。

名师释疑

手足无措：手和脚不知放在哪里好，形容举止慌乱或没有办法应付。

“明天就给戴安娜和玛丽写信，”我在书桌边坐了下来，转过身对他说，“叫她们马上回家。有了五千英镑，她们会过得非常好。”

“我要给你倒一杯水，”圣约翰说，“你看来真的需要稳定一下情绪。”

“圣约翰先生，你真让我不耐烦了！我现在非常清醒。我认为这两万英镑的款子应该在一个外甥、一个侄女、两个外甥女之间平分，就是一人五千。我要给你的两个妹妹写信，告诉她们所获得的财产。”

“应该是你所得的财产吧。”

“我已经将这件事说得清清楚楚了，绝不会再改变主意。我

并不是不讲公正、自私自利和忘恩负义的人，而且，我已经下决心要拥有一个家和几个亲戚。我要把我用不着的财产分给你们。不要反对，也不要讨论这个话题了，我们就这样定下来吧。”

“你这样做仅仅是因为一时冲动，你应该先花几天时间认真考虑。”

“哦！要是你怀疑的仅仅是我的诚意，那我就放心了。你也看出这件事的公正了？”

“我的确看到了某种公正，但它和常规背道而驰。舅舅的财产是靠自己的努力获得的，他有权利把财产给任何人。现在，他将财产都给了你，公正就允许你完整地保留它们，你能够问心无愧地接受它们。”

“可是在我这儿，”我说，“这完完全全是一个良心问题，也是情感问题。我得迁就我的感情，我难得有机会这么做。就算你反对并烦扰我一年，我也不会舍弃这种美妙的乐趣。”

“你此刻这样想，”圣约翰回答，“是因为你还不了解拥有财富是怎么回事，你也不知道享受财富是怎么回事。你不懂两万英镑会让你变得多么重要，会让你在社会上占有什么样的地位，会为你展现出什么样的前途，你不可能——”

“而你，”我插嘴说，“却根本无法想象到我多么期望获得兄弟姐妹的爱。我从来没有过家的感觉，也没有兄弟姐妹，现在我想有，而且必须有。你会愿意接受我、承认我，对不对？”

“简，我愿意当你的哥哥——我的妹妹也愿意当你的姐

名师释疑

问心无愧(kuì)：没有什么可惭愧的或对不起人的地方。

名师指津

金钱有价，情义无边，重钱财而轻感情是愚不可及的，我们应该学会用正确的观念去看待钱财。

姐——但你不必牺牲掉自己的正当利益作为交换条件。你所渴望的家庭与天伦之乐还可以用别的方式来获取，你可以结婚。”

“这是胡说八道！我不要结婚，永远也不会结婚。”

“这话说得有点过分了。这种鲁莽的言论证明你兴奋过头了。”

“我没有说得过分，我知道自己的心情，结婚的念头我连想都不愿意去想。”

“那学校怎么办呢，爱小姐？我想它现在应该关门了吧？”

“不。在你找到接替我的人之前，我会保留教师的职位。”

他笑了笑，表示支持我的做法。我们握了一下手，他走了。

后来，我又做了许多努力，终于迫使我的表哥与表姐们接受了将财产平分的计划。我选择奥利弗先生和一位出色的律师做仲裁人，他们拟订了转让文书。这样，圣约翰、戴安娜、玛丽和我，每个人都获得了一份丰厚的财产。

等这一切都办妥的时候，圣诞节就要来临了，各行各业的人都要迎来一个假期。我离开了莫尔顿学校，与汉娜一起回到沼泽居，准备迎接戴安娜和玛丽。

星期四是戴安娜与玛丽归来的日子，她们会在天黑时到达。在黄昏之前，我们将楼上楼下都生了火，厨房里打扫得很整洁，汉娜和我都穿戴整齐，一切准备得妥妥当当。

圣约翰最先回来，然后，黛安娜和玛丽到来了。她们对房间里焕然一新的陈设感到非常欣喜，并认为我的安排很符合她们的

名师释疑

天伦之乐：指家庭中亲人团聚的快乐。

焕（huàn）然一新：形容出现了崭新的面貌。

陈设：①摆设。②摆设的东西。

名师指津

前文已经提到简·爱由于跟罗切斯特先生结婚才导致了不幸的发生。她所受到的伤害是刻骨铭心的，所以她不想结婚。简·爱答应圣约翰先生没找到接替自己的人之前，会保留教师的职位，这说明她很有责任心。

期望。那一晚我们非常快活，热热闹闹地说个不停。

用完茶点一个小时之后，门外传来敲门的声响，汉娜走进来告诉圣约翰，一个少年在门口，希望圣约翰去看一下他的母亲，她快死了。路很遥远，也很难走，可是圣约翰很快就走出了家门。他半夜才返回，尽管既累又饿，可看上去比出发之前要愉快。

接下来的一周是圣诞周，我和表姐们在家里什么也没有做，整天只顾着玩。而圣约翰每天都要到各个街区去访问贫困和生病的人。

> 名师指津
> 圣约翰先生将穷人的疾苦放在心上，说明他是一个善良、有爱心的人。

一天，吃早饭时，黛安娜沉思了片刻后问圣约翰："你的计划是不是仍旧没有改变？"

"没有改变，也不会改变。"他说。他告诉我们，他已经决定明年动身从英国离开。

"那么奥利弗小姐呢？"玛丽不由自主地说。

"她就要嫁给格兰比先生了。他是弗雷德里克·格兰比爵士的孙子和继承人，是雪城家庭背景最好、最受尊敬的居民之一。昨天我从她父亲那里听到了这个消息。"

她的两个妹妹相互看了看，又看看我。我们三个人又都瞅了瞅他，但他像一块玻璃那样平静。"这门亲事一定定得非常仓促，"戴安娜说，"他们认识的时间应该不长。"

"有两个月了，他们十月份在雪城的一个乡间舞会上认识的。但这门亲事从各方面来看都是称心如意的，没有任何阻碍，也没必要拖延。"

当戴安娜、玛丽和我之间的快乐情绪稍微平静些后，我们又恢复了平时的生活和学习习惯。圣约翰待在家中的时间也比以前多了，他跟我们坐在同一间屋子里。玛丽画画；戴安娜继续进行那让我敬畏的阅读百科全书的课程；我苦学德语；圣约翰研究一种神秘的学问，那是一种东方语言，他认为学它对于他的计划来说必不可少。

令我感到惊讶的是，当他坐在角落里研究时，他经常用他的蓝眼睛密切地观察我们。要是被我们看到了，他就会马上转移视线，但没过多长时间，他又会再次观察我们。令我惊讶的不止于此。我曾经答应莫尔顿的学生们，每星期去给他们上一小时课，每当我去上课时，他就会深表满意。要是碰到糟糕的天气，他的妹妹劝我留在家的时候，他就不理会她们的担心，鼓舞我不管天气如何都去完成自己的工作。

名师指津 圣约翰先生爱偷偷地观察别人，他的行为让简·爱琢磨不透，简·爱感觉他是一个奇怪的人。

我回来的时候，即使经历了风吹雨打，疲惫不堪，也从来不敢抱怨。因为我能看得出来，抱怨会使他很不高兴。不论在什么样的场合，坚忍不拔能使他高兴，反之他就会格外恼火。

然而，有一天我感冒了，请了假待在家中，他的两个妹妹代替我去了莫尔顿。我坐着读席勒的作品，他在研究他那难懂的东方书卷。

名师指津 席勒是德国18世纪著名诗人、作家，被敬为“伟大的天才般的诗人”“真善美”巨人、“德国的莎士比亚”。从这句话可知，两人都很爱读书，这值得我们学习。

“简，你应该放弃学德语，改学兴都斯坦语。”他说。

“你不是当真的吧？”

“当然是当真的，我要你这样做。我会告诉你缘由。”

他接着解释说，兴都斯坦语是他目前正在学的语言，他之所以想让我学，是因为他在学习时经常会忘记前面学过的内容，所以请求我来帮助他。要是我做了他的学生，他在教我的时候就能够反复练习基础知识。

这段时间，因为遗嘱的事，我跟布里格斯先生有通信往来。我在信函中询问他关于罗切斯特先生的情况，可是他什么也不知道。无奈之下，我又给费尔法克斯太太写了一封信，请她告诉我关于罗切斯特先生的情况。两个月过去了，我盼望的消息仍然像石沉大海一样没回复。于是我又写了第二封信，期望可以带来新的希望。可是，它依然连只言片语都没给我带回来。就这样，半年的时间转眼间过去了，燃烧的希望完全破灭了，我的内心沉入了无底的深渊。明媚的阳光照射着大地，我再也没心情欣赏。夏季即将降临，黛安娜竭力想使我欢快起来，她说我看上去就像是生病了一样，劝说我到海边玩耍一段时间。

一天，我读书的时候，情绪比以前更加低落，因为我承受着过于强烈的失望。早上，汉娜告诉我有一封信，我原以为我期盼了很长时间的信到了，就急忙下楼去取，可是我却发现那仅仅是布里格斯先生写来的关于事务的一张无关紧要的便条。我努力抑制自己，但眼泪还是流了出来。现在，客厅里只有我与圣约翰两个人。他对我的情绪没有表现出任何惊讶，也没问我缘由。他对我说："简，现在去散步吧，同我一起去。"

"我去叫上戴安娜和玛丽。"

名师释疑

遗嘱（zhǔ）：人在生前或临死时对自己身后事如何处理用口头或书面形式所做的嘱咐。

石沉大海：像石头掉进大海里一样，不见踪影，比喻始终没有消息。

名师指津

简·爱很想知道她深爱着的罗切斯特先生现在怎么样了，可是并没有得到关于他的任何消息。一天，她本来就心情不好，当看到收到的信上只字未提罗切斯特先生的情况时，她情不自禁地流出了眼泪。

名师指津

在漫漫人生路上，我们会遇到形形色色的人，而每个人都会有自己独特的性格，我们应该学会多包容。

“不，今天早上我只要你陪着我去。你去穿戴好，从厨房的门出去，顺着通向沼泽地尽头的路往前走，我很快就来。”

在跟与我的性格完全相反的人打交道时，我无法在绝对服从与坚决反抗之间找到折中的办法。起初，我会绝对服从，一直到爆发变为坚决的反抗为止。

我们渐渐偏离了小径，周围是一座座小山。在接近一个岩石群边上零落的岩石时，他说：“我们在这儿歇上片刻吧。”我坐了下来，他站在我旁边。他朝远处望去，把帽子摘了下来，让微风吹拂他的头发，轻吻他的额头。他好像在与这个他常来的地方的守护神交流。

“简，”他说，“六周之后我就要走了。我已经在六月二十日起航的‘东印度人号’上订了舱位。”

“上帝会护佑你，因为你是在为他效劳。”我回答说。

“是的，”他说，“那是我的荣耀，也是我的欢乐。令我奇怪的是，我认识的人竟然不急于加入这样一个伟大的事业中来。”

“并不是所有的人都拥有你那样的意志力。弱者希望和强者一同前进，那是愚蠢的。”

“我不是在跟弱者说话，也没有想到弱者。我只是在同一个配得上这份工作，而且有能力完成它的人说话。”

对于他的话我感到毛骨悚然。

“简，”他接着说，“同我一起到印度去吧，做我的伴侣和同事。”

我顿时感到天旋地转。“天啊，圣约翰，”我叫道，“你饶过我吧！”

但他在履行职责的时候，完全不会同情和怜悯别人。他继续说：“上帝与大自然要你做一个传教士的妻子。他们赐予你的，不是外表上的，而是精神上的天赋。你不是为了爱情，而是为了工作被创造出来的。”

“要是我们能够保持兄妹的关系，”我说，“我能够去印度。但我和你不能成为夫妻。”

他摇了一下头，说：“我们是表兄妹，这样的关系行不通。要是你是我的亲妹妹，我能够带你去，而不需要跟你结婚。以我们目前的情况来看，我们必须通过婚姻把我们之间的关系固定下来。简，你仔细考虑一下。”

“我已经考虑过了，我的理智不允许。因为我们并没有像夫妻一样彼此深爱过，所以我们不可以结婚。”

“简，”他说，“你跟我在一起是不会感到后悔的。我会让你认为这种选择是对的。”

“我看不起你的爱情观，”我说，“我看不起你这种虚伪的感情。”

他目不转睛地注视着我，我不清楚他这样是出于愤怒还是惊愕。

“我没想到你会说出这种话来。”他说。

“请原谅我说的话，”他温和的语调把我感动了，我接着说，

名师指津

在做重大决定的时候，一定要经过深思熟虑，不要被眼前的“迷雾”蒙蔽了双眼，要理智地去看待问题。

名师指津

圣约翰先生向简·爱求婚，这出乎简·爱的意料。当她得知，他是因为工作上的事情才想跟她结婚的时候，她拒绝了他的请求。她对他说了一些很讽刺的话，说了之后，她又感觉自己有点过分，所以请求圣约翰先生原谅自己。

“但是是你的过错引导我说出这样冒失的话来的。亲爱的表哥，请你把结婚的计划放弃吧。”

“不，”他说，“这个计划我已经酝酿了很长时间，是唯一可以使我达到目标的计划。”

这天晚上，他吻了他的妹妹们道晚安，对我竟然连手都没握一下。我对他怀有深深的亲情，他这样的行为刺伤了我的心，我连泪水都流了出来。

第二天，他并没有像他所说的那样动身去剑桥，而是把行程推迟了一周。我朝他走去，对他开门见山地说：“圣约翰，我非常不愉快，因为你还在跟我怄气。我们和好吧。”

“我希望我们能够成为朋友。”他面无表情地说。

此处接连使用了三个问句，这起到了加强语气的作用，能够增强文章的气势。而从这三个问句可以看出简·爱内心强烈反对的声音。

“我们为什么要这样分别呢，圣约翰？当你去印度的时候，你也这样跟我分别吗？你就不能把话说得温和些吗？”

“什么？你不去印度？”他注视着我问。

“你说过，我不嫁给你就不能去。”

“你仍旧不愿意嫁给我？你仍然坚持你的决定？”

“我的决定不会改变。”

“我再问一遍，你为何拒绝？”他问。

“以前，”我回答说，“是因为你不爱我；现在，是因为你对我怀有仇恨。要是我嫁给你，你会把我害死。”

他的脸颊和嘴唇立刻变白了——白得厉害。

“我会害死你？你不该这样说话。这些话太凶狠，不像一个女人说出来的。”

“这下子，你可真要憎恨我了，”我说，“想要跟你和解是没用的了。我看得出来，从现在开始，我就是你永远的仇敌了。”

这话又伤害了他，而且伤得非常深，因为我说出来的是事实。他那没有血色的嘴唇抽动了一下，我清楚我已经煽起了某种暴怒。这让我心里异常难受。

“你误解了我的话，”我猛地抓住他的手，“我不想伤害你，真的，一点儿也不想。”

他凄苦地笑了笑，坚决地把手从我手中抽出去。“现在收回你的承诺吧。你压根儿不想去印度，是吗？”他沉默了良久之后说。

“不，我愿意作为你的助手前去。”我说。

接下来是良久的沉默。后来，他终于说话了：“一个女的副牧师，不是我的妻子，这对我来说是不合适的。这么说来，你是不可能跟我同去了。”

可是我并没有许下过任何诺言，他这样的话语未免太过分，也太专横了！我答道：“就这件事而言，我没有任何做得不对的地方。我没有毁约，也没有食言，我没有任何义务去印度。无论怎样，在那儿我是活不长的。”

“原来你是在担心自己。”他翘起嘴唇说。

“上帝赐予我生命并不是让我来抛弃它的。而我认为，依照你希望的那样去做就等于自杀。”

“我明白你的心向着哪里，依恋什么，但你所怀着的感情是

名师释疑

误解：①理解得不正确。②不正确的理解。

名师指津

简·爱正面批评圣约翰专横霸道，与前文圣约翰的表现相互映衬，使人物的性格变得更加丰满。

名师指津

简·爱虽然离开了罗切斯特先生，但她无法将自己的心收回来，她依然深深地爱着罗切斯特先生。

不神圣、不合法的。你应该将它消灭掉，再让他浮现在你的脑海就应该觉得羞愧。你在想罗切斯特先生？”

这是事实。我默认了。

“你要去找罗切斯特先生吗？”

“我得弄清楚他现在怎么样了。”

“那么，”他说，“我只有在祷告的时候想起你了，我会满怀诚意地祈求上帝，不要让你变成一个堕落的人。我原以为你是上帝的选民，但上帝的看法跟一般人不一样，我要顺从他的旨意。”

名师释疑

堕落：①（思想、行为）往坏里变。②沦落；流落（多见于早期白话）。

说完，他把门打开走了出去。他沿着峡谷信步走了出去，很快就不见了。

吃晚饭时，我不得不和圣约翰再次见面。他看起来像平时一样镇静，让我想不到的是，他竟然用平常的语调跟我说话。毫无疑问，他已经把怒火抑制住了，原谅了我，但他并没有改变他的想法。

说话的时候，他把手放在我的头上，语调真诚、温和，他的目光好像是一个牧师在叫回一只迷途的羔羊。我一动不动地站着，我彻底被他征服了。本来一件完全不可能的事——我和圣约翰成为夫妻的事——变成可能的了。我听到宗教在召唤我，天使在跟我招手，上帝在呼唤我。

“你现在能够决定了吗？”圣约翰问。

“只要让我相信自己做的是对的，我就可以去做，”我回答，“只要你能让我相信嫁给你是出于上帝的旨意，那我现在就发誓能够嫁给你！”

“我的祈祷被感应了！”圣约翰叫了起来。他放在我头上的手压得更加紧了，好像他已经认领了我。他拥抱了我，几乎就像他爱我一样。我的心激动不已。“请给我指一条明路吧！”我祈求上帝。

此刻整栋房子里寂静无声，除了我们俩，所有人都入睡了。“你听见了什么？看到了什么？”圣约翰问。我没看到什么，但我听见有一个声音在呼唤：“简！简！简！”然后什么都没有了。

“天，上帝啊！那是什么？”我喘着气问。这声音不在房间里，也不在花园中，它不是来自于空气，也不是来自于地下，甚至不是从头顶上传下来的。那么它是从哪儿传来的呢？我无法得知！但我听得出来，那确确实实是罗切斯特先生的声音。这声音对我来说是这么熟悉、亲切、印象深刻，这声音中夹杂着狂乱、急切和凄惨。

“我来了，等着我！”我叫着，像离弦的箭一样跑到门口，朝走廊里看，可是那里一片漆黑。我跑到花园里，那里也空空如也。我跑来跑去，寻找这个声音，圣约翰一直在我后面跟着，他正要阻拦我，但被我挣脱了。现在，我成了主宰者，我让他走开，他马上听从了。我跑进房间，把自己锁在房间里，祈祷着，我下定了决心，受到了启迪，期盼着天亮。

名师指津

简·爱被圣约翰先生的行为和话语感染了。她的意志产生了动摇。圣约翰先生看到她有所改变，就更加自信了。但是后来，简·爱听到了罗切斯特先生的声音。说明简·爱的内心深深爱着的仍是罗切斯特先生。

名师释疑

空空如也：空空的什么也没有（语出《论语·子罕》）。

名师赏析

突然之间多了三个亲人，简·爱感到很高兴。她大方地把叔叔留给自己的两万英镑财产跟他们平分了。圣约翰先生为了自己的工作，想让简·爱嫁给自己并和自己一起去印度，但简·爱拒绝了。简·爱不接受没有爱情的婚姻，她仍对罗切斯特先生一往情深。

学习借鉴

好词

接二连三　自私自利　问心无愧　天伦之乐　焕然一新
称心如意　疲惫不堪　石沉大海

好句

* 等这一切都办妥的时候，圣诞节就要来临了，各行各业的人都要迎来一个假期。

* 在黄昏之前，我们将楼上楼下都生了火，厨房里打扫得很整洁，汉娜和我都穿戴整齐，一切准备得妥妥当当。

* 令我感到惊讶的是，当他坐在角落里研究时，他经常用他的蓝眼睛密切地观察我们。

* 夏季即将降临，黛安娜竭力想使我欢快起来，她说我看上去就像是生病了一样，劝说我到海边玩耍一段时间。

* 我只有在祷告的时候想起你了，我会满怀诚意地祈求上帝，不要让你变成一个堕落的人。

* 它不是来自于空气，也不是来自于地下，甚至不是从头顶上传下来的。

思考与练习

1. 简·爱是怎样看待自己的巨额财富的？
2. 简·爱和圣约翰先生吵架的原因是什么？
3. 圣约翰先生是一个什么样的人？

第十五章 幸福生活

名师导读

简·爱回到了桑菲尔德，发现它已经面目全非。询问之下，旅店的店主告诉她在她走后罗切斯特先生的疯妻子放火烧了园子，并跳楼自杀。后来，简·爱见到了罗切斯特先生，此时的他已经双目失明。简·爱决定留在罗切斯特先生身边，并和他结了婚。后来，罗切斯特先生的眼睛又重见光明了！那么，罗切斯特先生的眼睛为什么会失明呢？后来又是如何复明的呢？

天一亮，我就从床上起来，因为我要出发了。根据短期旅行的需要，我把房间、抽屉以及衣橱里的东西收拾好。就在这个时候，我听到圣约翰离开他的房间，在我房间门外停了下来。我担心他会敲门，但他没有，而是从门下面的缝隙里塞进来一张纸条。我将它捡了起来，看到上面写着：

昨晚你离开我太突然了。要是你再多待一会儿，我一定会把你的手放在基督的十字架和天使的冠冕上。我两周后回来，希望到时候你能够做出明确的决定。

名师释疑

冠冕（miǎn）：①古代帝王、官员戴的帽子。②冠冕堂皇；体面。

在这一段时间你要留心并祈祷，要抵制住诱惑，不要让自己陷进欲望的泥潭。我坚信你的灵魂是愿意的，我也看出了你的躯体是软弱的。我会时时为你祈祷。

你的圣约翰

“我的灵魂，”我在心里回答，“愿意做一切正确的事情。而我的躯体，我希望它也非常坚强，在我一旦明确地知道上帝的旨意之后，可以坚决执行它。无论怎样，我的躯体已经足够坚强，可以让我去探寻、询问和摸索一条出路，驱散疑云，看到确定无疑的晴空。”

那天是六月一日，早晨乌云密布，下着雨。我听到前门打开的声响，透过窗户朝外面眺望，看到圣约翰穿过花园，朝惠特克劳斯方向走去——他将在那儿乘车。“再过上几个小时，”我在心里说，“我就要在你之后踏上那条路，表哥。我也要到惠特克劳斯去乘车。我在英国也有人需要去拜访和问候。”

名师指津

简·爱虽然寄了几封信，可是没有得到任何关于罗切斯特先生的消息，所以，她决定亲自去一趟。这个决定直接推动了后文故事的发展。

离吃早餐的时间还有两小时，我在屋子里踱来踱去。

“用不了几天，”我从沉思中回过神来后说，“我就能够知道一些关于他的消息了，昨晚他已经向我发出了召唤。事实证明写信已经不起作用了，那我就亲自去打听一下他的消息。”

吃早餐的时候，我对戴安娜和玛丽说，我要外出一次，至少要离开四天。

“你单独去吗，简？”她们问。

“是的。我为一个朋友担心很久了，我想去打听一下关于他的具体情况。”

我在下午三点钟的时候，从沼泽居离开了。四点之后，我站在惠特克劳斯的路牌下面，等待把我带到遥远的桑菲尔德去的马车。

三十六个小时后，马车停靠在路边的一家旅店门口，给马饮水。我看到旅店坐落在一片熟悉的美景里，我确信这里离我的目的地已经很近了。

“桑菲尔德离这里多远？”我问马车夫。

“就在田野那边，两英里远的地方，小姐。”马车夫答道。

“我的旅程结束了。”我心里想着，从马车上跳下来，把随身携带的箱子交由马车夫保管。一块招牌上的镀金文字“罗切斯特纹章”吸引了我。我满怀喜悦，怯生生地向桑菲尔德那幢宏伟的房子望去的时候，却看到一片焦黑的废墟。那里死一样寂静，一片荒芜——难怪我往这里寄的信都得不到回音。可是，难道罗切斯特先生真的死了吗？

我匆匆来到旅店，请求店主告诉我关于桑菲尔德府的事，他答应了。原来，罗切斯特先生在发现我走了之后，寻找我一无所获，性格变得狂躁起来。他给了费尔法克斯太太一笔赡养费，让她走了；把阿黛勒送进了一所学校；跟一切绅士断绝了来往，把自己封闭在宅子里。去年秋天的一个晚上，他的疯妻子趁格雷斯·普尔喝醉了酒，从三楼的小屋子里跑出来放火。转瞬间，桑菲尔德府上上下下都陷入了一片火海之中。罗切斯特先生醒过来后，爬到顶楼把用人们从床上叫起来送下楼，接着他又返回顶楼，想把

名师释疑

饮(yìn)：给牲畜水喝。

赡(shàn)养：供给生活所需，特指子女对父母在物质上和生活上进行帮助。

名师指津

简·爱到达桑菲尔德的时候，非常高兴，因为她觉得自己马上就可以见到罗切斯特先生了。当她看到现在的桑菲尔德府充满了衰败的气象时，她的心里却萌生出一种不祥的预感。

他的疯老婆救下来。可是，她那时已经跑到了房顶的位置，挥舞着手臂大叫着，连一英里外的人都听到了她的叫声。随后，在罗切斯特先生赶到她身旁之前，她从房顶跳了下去，摔死了。可是罗切斯特先生的命运更加悲惨，他从房顶上下来的时候，房子坍塌了，他被困在了下面。幸好一根倒下的房梁保护了他，可是他的一只手被压断了，一只眼睛被打瞎了。治疗后，他受伤的手被截了肢，另一只眼睛受到感染也失明了。现在，罗切斯特先生住在三十英里外的芬丁庄园，只有老约翰夫妇陪伴着他。他们一起在那个荒凉、偏僻的地方过着与世隔绝的生活。

把这个令我震惊的消息听完之后，我马上雇了一辆马车，花了两倍的价钱，决定在天黑之前到芬丁庄园去。

傍晚的时候，天空下起了绵绵细雨。我看到那栋古老的宅子里慢慢走出来一个人，他没有戴帽子，伸着手，好像想感受一下是否在下雨。虽然天色昏暗，我还是马上认出了他——那不是别人，正是我的主人爱德华·费尔法克斯·罗切斯特。我停了下来，屏住呼吸，仔细地打量他。他的身体仍旧健壮，体态仍然挺直，五官也没有发生改变。可是，他的面部表情不一样了：他看上去绝望、深沉，像一只身陷囹圄、受到虐待的鸟儿或者野兽。他从台阶上走了下来，摸索着朝草地走去，接着，陷入一片茫然之中。他看不到东西，只能在雨中静静地站着。这时候，约翰从房子里走出来，向他走去。

“您要不要扶着我的胳膊，先生？”他说，“天空就要下大雨

名师指津

作者月夸张的修饰侧面反映出了她疯病的严重性。

名师指津

罗切斯特先生看上去很绝望、深沉，这说明简·爱走后，他的生活失去了乐趣。

名师释疑

身陷囹（líng）圄（yǔ）：身处困境或身受束缚。

了，您到屋里去不是更好吗？”可是，罗切斯特先生只是固执地说：“不要管我。”

约翰退了回去，没看到我。罗切斯特先生试图走动走动，可是不行，因为他对周围的环境不了解。随后，他摸索着走进房子，把门关上了。

我走到门前，敲了一下门，约翰的妻子给我把门打开了。“玛丽，”我说，“你还好吗？”

作者生动地描写出了玛丽受惊吓的画面，让句子变得活泼起来，减缓了读者心中的压力。

她吓了一大跳，好像见到鬼似的。我让她不要激动。她赶紧问：“真的是你吗？你怎么在这里，小姐？这么晚了还到如此荒凉的地方来？”我把她的手握了一下算是回答，接着同她走进厨房。约翰这时正坐在熊熊的炉火旁边，我告诉他们我已经听说了桑菲尔德发生的事，我是来探望罗切斯特先生的。

“你进去的时候，”我对玛丽说，“告诉你的主人，说有个人想跟他说话，但不要把我的名字说出来。”

“我想他应该不想见你，”她回答，“他不想见任何人。”

她回来的时候，我问他都说了什么。

“他要你报上姓名与来意。”她答道。接着她倒了一杯水，把它和几根蜡烛一起放到托盘上。

“这是他打铃的目的吗？”我问。

“是的。虽然他的眼睛什么也看不到，但天黑后就让我把蜡烛送过去。”

“托盘给我，我端进去。”我从她手中把托盘接了过来，依照她的指引走向客厅的门。

客厅非常阴暗，罗切斯特先生倚靠在高高的老式壁炉架上，他的那条老狗派洛特远远地平躺在一边，蜷缩着身子，好像怕被人不经意间踩到似的。我一进去，派洛特就把耳朵竖了起来，叫着向我跑过来，差点儿把我手中的托盘撞掉。我将托盘放在桌子上，用手拍了拍它，轻声说："躺下！"罗切斯特先生机械地扭过身来，想看看这阵骚动是怎么回事。可是，他什么也看不见。于是，他扭过身叹了口气，说："把水给我，玛丽。"

名师释疑

骚（sāo）动：秩序紊乱；动荡不安。

我端着只剩半杯水的玻璃杯走向他。派洛特仍旧跟着我，看上去异常兴奋。

"怎么回事？"他问。

"躺下，派洛特！"我又说了一遍。他正把水朝嘴唇边送，忽然停了下来，好像在听着什么。他喝了水，然后问："玛丽，是你吗？是吗？"

"玛丽在厨房。"我答道。

"谁？谁在讲话？"他焦躁地问。

"派洛特认识我，约翰和玛丽知道我在这里。我今天晚上刚到。"我说。

"天啊！我产生幻觉了吗？"

"不是幻觉，先生。"我回答他说，"只有心志不坚的人才会产生虚无缥缈的幻觉。"

"那么，说话的人在哪里呢？让我摸一下她。"他一边摸索着一边说。“无论你是什么，也不管你到底是谁，请让我用手摸一下，否则我就活不成了！”

我把手伸了出来，抓住他那只在空中胡乱摸索的手，用两手握住它。“这正是她的手指！”他叫道。接着，他挣脱我的手，抓住我的肩膀、胳膊、腰，把我整个人都搂得结结实实。“真的是简吗？”他激动不已，把我搂得更紧了。

名师指津

罗切斯特先生没有想到是他深爱着的简·爱回来了，他以为是虚幻的情景。此时，罗切斯特先生的言行表明他一直在思念着简·爱。

“我亲爱的主人，”我说，“我是简·爱，我回到你身边了。”

“真的？你还活着？你是我活着的简？”

“你触摸到我了，先生，你还把我抓得紧紧的。你看我并不是冰冷的死尸，也不是空洞的空气，对吗？”

“这的确是她的四肢，这是她的五官。可是在我遭受了那么多不幸之后，我怎么可以这么幸福！这一定是梦境。我曾经做过这样的梦，我梦到再次把她搂在怀里，像这样亲吻她——我感觉她爱我，相信她不会远离我。”

作者用简单的语句表达出了简·爱对罗切斯特先生的痴情。

“先生，从今天开始，我永远不再离开你。”

“永远不，是幻影在这样说吗？可是我一觉醒过来，总会看到那是个虚幻的嘲笑。我凄苦、孤独，我的生活充满了寂寞、无望和黑暗。可是在你走之前，吻一下我吧——拥抱我一下，简。”

名师指津

因为罗切斯特先生内心中对简·爱的思念很殷切，所以当简·爱突然出现在他面前时，他反而会不相信幸福竟然来得如此容易。

我吻了他的额头、他的眼睛。他好像忽然惊醒过来，开始相信眼前的一切都是真实存在的。

“是你——简，是不是？这么说你回到我这里来了？”

“是的。”

“你没有在荒野里的沟壑中死掉吗？你没有憔悴不堪地流落他乡吗？”

“没有，先生，我现在是个独立的人了。”

“独立？这是什么意思呢，简？”

“我在马德拉群岛的叔叔离开了人世，他给我留下了五千英镑的遗产。”

“啊，这是看得见摸得着的！是真的，”他叫道，“我不可能做这样的梦。那么，简，你是个独立的人了？是个富有的人了？”

“很有钱，先生。要是你不让我和你住在一起，我就在你的住宅旁边建一座自己的房子，晚上你需要人陪伴时，能够到我的客厅里做客。”

“可是，你现在有钱了，简，你会有朋友照顾你，你怎么会献身于我这样一个瞎了两眼的废人呢？”

“我说过，先生，我不但有钱，还是一个在生活上独立的人，我能够为我自己做主。”

“你要同我住在一起吗？”

“当然，除非你反对。我要做你的邻居、管家、护士。我发现你现在非常孤独，我会来做你的伙伴，给你念书，陪你散步，和你一块坐着，伺候你。我要做你的眼睛和手。不要那么忧郁，我亲爱的主人，只要我活着，我就不会让你孤苦伶仃地一个人待着。”

“简，有你在身旁我才能感到愉快。我必须拥有你，就算世

名师释疑

群岛：海洋中彼此距离很近的一群岛屿，如我国的舟山群岛、西沙群岛、南沙群岛等。

遗产：①死者留下的财产，包括财物、债权等。②泛指历史上遗留下来的精神财富或物质财富。

名师指津

罗切斯特先生现在已是一个残疾人，虽然如此，简·爱依然想陪在他身边。从这些可以看出，简·爱对罗切斯特先生的感情是真挚的。

人都觉得我荒谬、自私，我也要这样做。”

“好吧，先生，”我说，“我愿意跟你待在一起。我已经说过了。”

“不错——可是，你说跟我待在一起，也许你理解的是一个意思，我理解的是另外一个意思。你是想要像个善良的护士那样照料我吧？你现在对我怀有的应该仅仅是一种像对待父亲一样的感情吧？”

他又陷入抑郁之中，我却变得快乐起来，因为我已经了解到他对我的感情仍旧没有改变。

“你这样说，我会贬低你的判断力。”

“离开我的这一段时间里，你跟谁在一起？”他问。

“我跟一些好人在一起。今天晚上我不会告诉你的，先生。这三天我一直在赶路，觉得很疲倦。晚安。”

“我只问一句，简，你只同女士在一起吧？”

我大笑着逃开了，跑上楼梯的时候还在笑。“一个好主意！”我欢快地想，“在今后的一段日子里我可以用焦急不安让他忘掉忧郁了。”

第二天早晨，我听到他起身走动，从一个房间摸索到另一个房间。玛丽从楼上走了下来，他问：“爱小姐在吗？”然后他又问：“她住在哪一间房？那间房子干燥吗？她有没有起床？去问问她需要些什么，什么时候下来。”

快到早餐时间时，我走下楼，轻轻地来到他所在的房间，在

名师释疑

荒谬（miù）：极端错误；非常不合情理。

抑郁：心有怨愤，不能诉说而烦闷。

名师指津

罗切斯特先生很担心简·爱会对其他男人产生感情。显然，这种担心是多余的。简·爱却认为这样能够让罗切斯特先生看上去不再那么忧郁，所以暂时没有解释。

他发现我之前看到了他。他是一个精力旺盛的人，现在却要屈服于肉体的虚弱，这真让我伤心。

“真是个阳光灿烂的早晨，先生，”我用尽可能让人听起来快乐轻松的声音说，“雨停下来了，而且不会再下。雨后的阳光多美啊，一会儿你就能够散步了。”

听到我的声音，他容光焕发了。

“嗬，你真的在这里，我的百灵鸟！到我这里来。你还在这儿吧，没有走开吗？一个小时之前，我听到你的同类在林子上空唱歌，可是对于我来说，它们的歌声不是音乐，就仿佛初升的太阳没有刺眼的光芒。依我看来，全世界所有美妙的音乐都在简的舌头上，我可以感受到所有的阳光都在她的身上。”

听见他这样公开承认对我的依赖，我不禁热泪盈眶。不过，我不想让自己看上去很悲伤，就离开他去准备早餐。

在他的催促下，我开始告诉他我去年的经历。我只是大致地描绘了我流浪和挨饿那三天的情景，因为要是我把一切都告诉了他，一定会使他更加痛苦。因为我所讲的那一点已经让他很痛苦了。他说，我应该相信他，他是不会逼着我做他的情妇的。他还确信，我所遭受的苦头一定比告诉他的多。

“嗯，无论我吃过什么苦，时间都不长。”我回答说。然后，我告诉他我如何在沼泽居被收留，怎样得到乡村女教师的职位，怎样得到财产和发现亲人等。叙述中，圣约翰的名字常常被提起，这吸引了他的注意力。

名师释疑

容光焕发：脸上放出光彩，形容精神饱满或身体健康。

名师指津

罗切斯特先生认为简·爱的声音美妙无穷，他把她比喻成百灵鸟，觉得所有的阳光都集中在了简的身上。这表现出了他对简·爱的爱与依赖。

名师指津

罗切斯特先生怀疑简·爱有了别的心上人。当他知道了圣约翰是一个总体来说相当不错的人时，嫉妒心油然而生。

“你总是说他，你喜欢他吗？”他说。

“他是个相当不错的人，先生，我不可能不对他产生好感。”

“简，你在这里并不舒服，因为你的心不在我这儿，而在圣约翰那儿。在这之前，我还以为简完完全全归我一个人所有！我认为她离开我后仍旧爱着我。我没有想到，在我因为失去她而痛苦的时候，她已经爱上了别人！可伤心是不起任何作用的，对既成的现实于事无补。简，离开我，去嫁给里弗斯吧。”

“先生，我不会心甘情愿离开你的。他不爱我，我也不爱他。他爱的是一位姓奥利弗的美丽小姐。他想娶我只是因为他认为我做一个传教士的妻子比较合适，而奥利弗小姐却不行。他虽然伟大、善良，但过于严厉，对于我来说就仿佛一座冰山那样寒冷。先生，他跟你一点儿也不像。在他身旁，我一点儿也不快乐。他看不到我身上有什么迷人的地方，甚至无视我的青春，仅仅看到我心灵上的几个有用的特点。那么，我还一定要离开你，到他那里去吗？”

他微笑了，开心地问：“什么？简，真的是如此吗？”

“绝对如此，先生。你不必嫉妒！我是故意逗你的，想让你少一些悲伤，而愤怒会比悲伤好一些。先生，要是你希望我爱你，那么你只要看一下我是多么爱你，你就会感到满足和骄傲了。我的整颗心都是属于你的。如果命运把我身体的其他部分跟你永远分开，我的心依然会同你在一起。”

他亲吻了我，但痛苦的思想又让他的面容阴郁起来。“我被

名师释疑

迷人：使人陶醉；使人迷恋。

阴郁：①（天气）阴晦沉闷。②（气氛）不活跃。③忧郁，不开朗。

烧毁的眼睛！我无用的身体！”他遗憾地嘟囔道。我用手抚摸他，安慰他。他获得了安慰，微笑了。“简，我需要一个妻子。你愿意跟我结婚吗？”他说。

“愿意，先生。”

“啊！我亲爱的！愿上帝保佑你，报答你！”他把我紧紧地搂在怀里，“既然如此，我们就没必要再等待什么了，我们立刻结婚。”

名师释疑

保佑：指神佛保护和帮助。

“先生，太阳已经西沉了，派洛特已经回家吃晚饭去了，我们也回吧。”我怕树林中的阴凉会有碍他的健康，因此提醒他。可是，他并没有注意我说的话，继续进行着自己的思索。

“简，”他说，“你以为我一点儿宗教信仰也没有吧？可现在这个时刻，我发自内心地感谢仁慈的上帝。几天前——大概是四天前的晚上，突然有一种奇怪的感情向我袭来，那是一种悲哀替代疯狂、哀伤替代愤怒的心情。你走了之后，我找来找去，怎么也找不到你，心里一直以为你已经死了，于是在那个夜晚，我坐在自己的房间中，坐在敞开的窗户旁边，大声地呼喊你的名字——‘简！简！简！’”

名师指津

这是热恋中的人的精神交流，心灵的沟通，他们坚信对方在爱着自己，对方没有抛弃自己，并且在需要对方的时候他会出现在自己的面前。

“你真的大声地把这几个字说出来了吗？”

“是的，如果有人听到我喊叫，必定会以为我疯了。我喊得那么疯狂。”

“是在将近午夜的时候喊的吗？”

“是的，关键不在于时间。接下来发生了一件十分奇怪的事情——你或许会认为我很迷信——我喊完你的名字之后，我听见一个声音回答：‘我来了，等着我！’我不知道那个声音是从哪里来的，但我确信那是你的声音。现在你不会觉得奇怪了吧，昨晚你忽然出现在我跟前，我还以为那仅仅是一个幻象。现在，我真诚地感谢上帝！”

名师释疑

巧合：（事情）凑巧相合或相同。

这真是一种令人敬畏的巧合！

没过多长时间，我们结婚了。那是一个相当安静的婚礼，到场的仅仅是他和我，以及牧师与书记。我们从教堂回到家，我来到厨房，玛丽正做着饭，约翰正在用抹布擦拭刀具。我说：“玛丽，今天早上我跟罗切斯特先生结了婚。”约翰和他的妻子都是那种不大动感情的规矩人，玛丽只是抬头注视着我，愣了几秒钟，约翰也稍微停顿了一会儿。随后，他们继续干自己的活。玛丽说：“是吗，小姐？嗯，那毫无疑问！”随后，她又说：“我看到你跟主人出去，不过没料到你们是去教堂结婚。”约翰则咧着嘴巴冲我笑着，说：“我对玛丽说过事情会如此。我知道爱德华先生一定会这样做，他做得非常对。祝你愉快，小姐！”

从约翰所说的话中不难看出，罗切斯特先生是真心喜欢简·爱的，他喜欢的是简·爱善良、纯洁的心灵。

“约翰，真的很谢谢你，这个是罗切斯特先生让我交给你和玛丽的。”我将一张五英镑的钞票递给他后就走了，后来，我在无意中听约翰说道：“对他而言，她比任何阔小姐都更配他。她虽然算不上很漂亮，但也绝不丑陋，这谁都可以看得出来的，而且她脾气很好。在他看来，她是一个真正的美女。”很快，我写信给了黛安娜、玛丽和圣约翰，告诉他们我所做的这些事，还有我这样做的原因，黛安娜和玛丽对这件事毫无保留地表示了支持，还说等我的蜜月过完后他们就会一起来看我。圣约翰收到我写的信后并没有立刻给我回信，他有什么反应我无从得知，一直到六个月后他才写信给我，语气很柔和，他并没有提及我和罗切斯特先生的婚姻，只说会和我保持联络，并祝我幸福。

后来在征得罗切斯特先生的同意后，我到学校和阿黛勒见了一面。那时她的身体正好被繁多的课程击垮了，面色苍白，羸弱不堪。我将她带进家里，想再当她的家庭教师，但却发现现在这件事情变得有些不太现实，因为我的丈夫需要我用全部的时间和精力去照顾他。所以，我只能找一所芬丁庄园附近的学校，那所学校制度很宽松，我让阿黛勒在那里安顿下来。阿黛勒在那里生活得很愉快，在学习上也有很大的进步。

光阴荏苒，岁月如梭，弹指之间十年光阴流过，我和罗切斯特先生结婚已经十年了。和我在这个世界上最爱的人一起生活，我体会到了生活的真谛。这十年来我感到很幸福，无与伦比的幸福，因为在我丈夫眼中，我完全是他的生命，而他也完全是我的生命。没有任何一个女人能够比我跟丈夫更加亲近，我已经彻底地成为他的肉中之肉、骨中之骨。和罗切斯特先生在一起的日子，我从来都没有感觉到厌烦，我们在一起，就像对各自的心跳一样从不感到厌烦，我们天天厮守在一起。对于我们来说，厮守一起就如同一人独处一样无拘无束，又如同与亲密的伙伴一样充满欢乐。我们推心置腹，彼此间无话不谈，脾性完全相投，这些都让

名师释疑

羸(léi)弱：瘦弱。

无拘无束：不受任何约束，形容自由自在。

推心置腹：把自己的心放在对方的肚子里，形容待人真诚。

名师指津

这里运用了比喻的修辞手法，简与罗切斯特先生在一起就像每个人对待自己的心跳一样，借助这样的比喻表现出两人的恩爱与幸福模样。

我们的生活快乐而又和谐。

名师指津

简·爱和罗切斯特先生结婚后，罗切斯特先生的日常生活完全依靠简·爱的帮助，这使他们的感情更加牢固。后来，罗切斯特先生的眼睛能够看见东西了。这有一种爱能使生活变得更加美好的思想。

在结婚后的前两年，罗切斯特先生的眼睛还是看不见。每天我用我的眼睛代替他欣赏大自然，彼时他则完全依赖我，这使我们的关系非常紧密。在两年后的一天清晨，我正按照着他的口述写信，他走了过来，对我俯下身子说："哦，简，你脖子上是不是带着一个闪亮的首饰？"

我的脖子上正戴着一条金表链，于是我照实回答了罗切斯特先生。

罗切斯特先生接着问："你穿的衣服是浅蓝色的吗？"

那时我正穿着一件浅蓝色的衣服。他告诉我，最近他右眼上的雾比以前淡了很多，视力似乎恢复了一些，现在证实了这件事情。

名师指津

简·爱与罗切斯特经历了那么多的苦难，终于获得了幸福，罗切斯特不仅恢复了视力，还有了自己的儿子，作者给故事的最后安排这样的结局，表达出了一种乐观向上的思想。

我们一起去伦敦拜访了一位颇负盛名的眼科医生，他为罗切斯特先生做了全面的检查，最终他的视力得到了恢复。刚开始的时候，罗切斯特先生看得还不是很清楚，还不能看书和写字，但是已经不需要在别人的搀扶下行动了。可是对于罗切斯特先生来说这已经足够了，毕竟天空已不再是茫茫一片，大地已不再是空无一物了。我们的第一个孩子被他搂在怀里的时候，他已经能够看清孩子的模样了：他长着一双又亮、又大、又黑的眼睛。

黛安娜和玛丽也相继结婚了，黛安娜的丈夫是一个英勇善良的海军上校，玛丽的丈夫则是一个牧师，她们和丈夫都很相爱。我们彼此约定，不是他们来看望我们，就是我们去看望他们，一

年一次，双方轮流。而圣约翰则去了印度，他最终回到了上帝的身旁，完成了上帝的使命。

名师赏析

简·爱听到罗切斯特先生的声音后，回到了罗切斯特的身边。桑菲尔德府如今已经变成了不堪入目的废墟。罗切斯特先生的眼睛瞎掉了，并且他的一只手被截了肢。但简·爱没有因为这些而嫌弃罗切斯特先生，她跟他结了婚，并竭尽全力照顾他。这是多么纯真而又伟大的爱啊！对朋友和亲人，无论是面对灾难还是祸患，我们都应该不离不弃，大家一起努力，共渡难关。

学习借鉴

好词

缥缈　憔悴不堪　荒谬　容光焕发　于事无补　空无一物

好句

* 我看到旅店坐落在一片熟悉的美景里，我确信这里离我的目的地已经很近了。

* 他看上去绝望、深沉，像一只身陷囹圄、受到虐待的鸟儿或者野兽。

* 我曾经做过这样的梦，我梦到再次把她搂在怀里，像这样亲吻她——我感觉她爱我，相信她不会远离我。

* 那时她的身体正好被繁多的课程击垮了，面色苍白，羸弱不堪。

* 光阴荏苒，岁月如梭，弹指之间十年光阴流过，我和罗切斯特先生结婚已经十年了。

思考与练习

1. 简·爱为什么要告诉罗切斯特先生关于她和圣约翰先生之间的故事?

2. 圣约翰先生为什么会等六个月后再给简·爱回信?

3. 从这部小说中，你感悟到了什么?